JUSTIÇA
UM SONHO ETERNO

FRANCISCO ALBERTIN
ARMANDO FERNANDES FILHO

JUSTIÇA UM SONHO ETERNO

IDÉIAS & LETRAS

Diretores Editoriais:
Carlos Silva
Marcelo C. Araújo

Editores:
Avelino Grassi
Roberto Girola

Coordenação Editorial:
Elizabeth dos Santos Reis

Copidesque e Revisão:
Leila Cristina Dinis Fernandes

Diagramação:
Alex Luis Siqueira Santos

Capa:
Antonio Carlos Ventura

Ilustrações:
Ivan Andrade Vasconcellos

IDÉIAS & LETRAS

Editora Idéias & Letras
Rua Pe. Claro Monteiro, 342 - Centro
12570-000 Aparecida-SP
Tel. (12) 3104-2000 - Fax (12) 3104-2036
Televendas: 0800 16 00 04
vendas@ideiaseletras.com.br
www.ideiaseletras.com.br

Dados Internacionais de Catalogação na Publicação (CIP)
(Câmara Brasileira do Livro, SP, Brasil)

Albertin, Francisco
Justiça: um sonho eterno / Francisco Albertin, Armando Fernandes Filho. - Aparecida, SP: Idéias & Letras, 2006.
Bibliografia.

ISBN 978-85-98239-71-2

1. Bíblia. A.T. Amós - Crítica e interpretação 2. Justiça 3. Justiça - Administração – Brasil 4. Justiça - Ensino bíblico 5. Justiça social 6. Poder judiciário - Brasil I. Fernandes Filho, Armando. II. Título.

06-5321 CDD-261.8

Índices para catálogo sistemático:

1. Justiça: Ensino bíblico: Cristianismo 261.8

SUMÁRIO

INTRODUÇÃO

"A justiça não é uma virtude como as outras. Ela é o horizonte de todas e a lei de sua coexistência. 'Virtude completa', dizia Aristóteles. Todo valor a supõe; toda humanidade a requer."

André Comte-Sponville[1]

Jesus, perguntado por Pilatos, admitiu ser rei; entretanto, acrescentou que seu reino ainda não era deste mundo.[2]

Sua época era caracterizada por muitas injustiças.

Será que o mundo de hoje já as suprimiu?

Que resposta daria hoje Jesus à mesma pergunta?

É inegável que já realizamos inúmeros progressos. Como muito bem dito por João XXIII, na abertura solene dos trabalhos do Concílio Ecumênico Vaticano II, é preciso discernir os sinais dos tempos, superando as "insinuações de almas que, embora ardentes de zelo, carecem do senso de discernimento e de medida, e só vêem nos tempos modernos prevaricação e ruína, o que as leva a dizer que nossa época é pior, comparada com os tempos passados" e não se deve concordar com os "profetas da desgraça, que anunciam eventos sempre infelizes, como se fosse iminente o fim do mundo".[3]

Mas quanto progresso fizemos?

---

[1] COMTE-SPONVILLE, André. *Pequeno tratado das grandes virtudes.* São Paulo: Martins Fontes, 2002, p. 70.

[2] "Então Pilatos entrou de novo no palácio. Chamou Jesus e perguntou: 'Tu és o rei dos judeus?' ... Meu reino não é deste mundo. Se meu reino fosse deste mundo, meus guardas lutariam para que eu não fosse entregue às autoridades dos judeus. Mas agora meu reino não é daqui" (Jo 18,33b.36). *Bíblia Sagrada.* Edição Pastoral, São Paulo: Editora Paulus, 1991, p. 1382.

[3] ALBERIGO, Giuseppe. "O Concílio Vaticano II". In *História dos Concílios Ecumênicos.* São Paulo: Paulus, 1995, p. 400.

Já pusemos em prática o Artigo I da "Declaração Universal dos Direitos Humanos", da ONU, de 1948, que afirma que "todos os homens nascem livres e iguais em dignidade e direitos..."? Já nos amamos o suficiente e fazemos aos outros o que desejaríamos que os outros nos fizessem?

Apesar dos esforços nobres de inúmeros homens, muito ainda há de ser feito para diminuir as desigualdades sociais, econômicas e culturais e reduzir distâncias entre os homens que, sem dúvida, são todos irmãos.

É hora de ouvir o apelo divino e fazer "brotar o direito como água e correr a justiça como riacho que não seca", conforme queria Amós.

Neste livro, queremos refletir e sonhar um pouco com o leitor, lembrando que, sem justiça, o mundo não estará pleno de amor e de harmonia.

Esse mundo melhor – que é exatamente o Reino de Jesus na Terra – não existirá se não intensificarmos nosso sentimento de *justiça* e se não o convertermos em realidade.

A *fome e a sede de justiça* são sentimentos divinos, instrumentos de transformação pessoal e social e sementes colocadas no coração de todos os homens – criados por Deus a sua imagem e semelhança; quando saciadas, o mundo será feliz.

O bom sentimento, quando isolado, é como se não existisse. O apóstolo Tiago, falando sobre a fé, afirmou que "... se não tiver obras, será morta em seu isolamento".[4] Isso vale, evidentemente, para a *fome e a sede de justiça*: se não tiver obras...

Portanto, não basta sonhar: a cada um cabe o cuidado de transformar a Terra no paraíso possível.

Muito em breve, ao ser novamente perguntado, Jesus poderá finalmente responder: meu reino já é deste mundo...

Os Autores

---

[4] "Meus irmãos, se alguém disser que tem fé, mas não tem obras, que lhe aproveitará isso? Acaso a fé poderá salvá-lo? Se um irmão ou uma irmã não tiverem o que vestir e lhes faltar o necessário para a subsistência de cada dia, e alguém dentre vós lhes disser: 'Ide em paz, aquecei-vos e saciai-vos', e não lhes der o necessário para sua manutenção, que proveito haverá nisso? Assim também a fé, se não tiver obras, será morta em seu isolamento" (Tg 2,14-17). *Bíblia de Jerusalém*. São Paulo: Edições Paulinas, 1973, p. 1578.

Primeira parte

JUSTIÇA: UM SONHO POSSÍVEL

Armando Fernandes Filho

"Bem-aventurados os que têm fome
e sede de justiça, porque serão saciados."
Mateus 5,6

I

O HOMEM

"No princípio, Deus criou o céu e a terra.
Ora, a terra estava vazia e vaga, as trevas cobriam o abismo, um
vento de Deus pairava sobre as águas.
Deus disse: 'Haja luz' e houve luz... primeiro dia.
Deus disse: 'Haja um firmamento
no meio das águas' e assim se fez... segundo dia.
Deus disse: 'Que a terra verdeje de verdura...'
e assim se fez... terceiro dia.
Deus disse: 'Que haja luzeiros no firmamento do céu para
separar o dia e a noite...' e assim se fez... quarto dia.
Deus disse: 'Fervilhem as águas um fervilhar de seres vivos e
que as aves voem acima da terra...' e assim se fez... quinto dia.
Deus disse: 'Que a terra produza seres vivos
segundo sua espécie...' e assim se fez...
Deus disse: 'Façamos o homem a nossa imagem, como nossa
semelhança...' e assim se fez... sexto dia..."
Gn 1,1-31

Deus criou o homem – a *medida de todas as coisas*[1] – colocando-o sobre a terra numa época tão remota que sua origem se perde no mistério.[2]

---

[1] PROTÁGORAS, *apud* PADOVANI, Umberto e CASTAGNOLA, Luís. *História da Filosofia*. 9 ed., São Paulo: Melhoramentos, 1972, p. 109.

[2] Basicamente, condensam-se as idéias sobre a origem do homem em duas correntes: a criacionista e a evolucionista. Por aquela, Deus é a causa primeira de todas as coisas; para esta, o homem não passaria de resultado de determinadas combinações da própria matéria. Para a primeira, Deus criou o homem de acordo com projeto específico, direto, intencional. Para a segunda, o homem não passaria de evolução de seres inferiores em que os mais aptos sobrevivem, prevalecem e se perpetuam. Dentro da primeira, muitos pensam que o homem foi criado num ato instantâneo de Deus; outros pensam, entretanto, que seu surgimento tenha sido o resultado de processos lentos, graduais e progressivos, embora intencionais da Divindade. A questão de nossa origem ainda provoca sérias controvérsias, existindo, inclusive, Estados que proíbem o ensino da teoria evolucionista. Sobre a teoria criacionista, vide Gênesis 1,1-25 e a lenda de Prometeu (in SCHWAB, Gustav. *As mais belas histórias da Antigüidade Clássica*. Rio de Janeiro: Editora Paz e Terra, 1994, v. 1, p. 17. E também COMMELIN, P. *Mitologia grega e romana*. 2ª ed., São Paulo: Martins Fontes, 1997, p. 99-103). Sobre a evolucionista, vide a lição de Robert Leakey, assim resumida quanto às etapas em que se processou a evolução do homem: "1) a origem da família humana propriamente dita, há cerca de 7 milhões de anos, quando espécies semelhantes aos macacos com um modo de locomoção bípede, ou ereta, evoluíram; 2) a proliferação das espécies bípedes, um processo que os biólogos chamam de irradiação adaptativa. Entre 7 e 2 milhões de anos atrás, muitas espécies diferentes de macacos bípedes evoluíram, cada uma adaptada a circunstâncias ecológicas ligeiramente diferentes; 3) em meio a esta proliferação de espécies humanas houve uma, entre 3 e 2 milhões de anos atrás, que desenvolveu um cérebro significativamente maior. A expansão em tamanho do cérebro marca a terceira etapa e sinaliza a origem do gênero *Homo*, o ramo da árvore humana que levou ao *Homo erectus* e finalmente ao *Homo sapiens*; 4) a quarta etapa foi a origem dos humanos modernos – a evolução de gente como nós, completamente equipada com linguagem, consciência, imaginação artística, e inovações tecnológicas jamais vistas antes em qualquer parte da natureza" (LEAKEY, Richard. *A origem da espécie humana*. Rio de Janeiro: Rocco, 1997, p. 14). Alguns antropólogos preferem o termo "hominídeo" para as espécies humanas ancestrais, o que vem informado pelo próprio Leakey e me parece melhor, uma vez que a identidade taxionômica da humanidade é "reino animal, filo cordada, subfilo vertebrada, classe mamífera, subclasse eutéria, infraclasse placentária, subordem antropóide, infra-ordem catarrina, superfamília hominida, família hominídea, gênero homo, espécie sapiens, variedade sapiens" (HOEBEL, E. Adamson e FROST, Everett L. *Antropologia cultural e social*. 9ª ed., São Paulo: Cultrix, 1999, p. 78).

Cientificamente falando, somos *inquilinos* dos mais recentes do planeta em relação a outros seres vivos.[3]

Cremos na existência de Deus; filiamo-nos aos que acreditam que Ele criou o homem em processo de evolução, de modo que a criação descrita no Gênesis seria uma belíssima alegoria que em nada tira a grandeza e sabedoria divinas; antes, enaltecem-na. O próprio Santo Papa João Paulo II teria afirmado que a evolução é compatível com a fé cristã.

Temos que o homem "não é um agregado efêmero, é um princípio eterno. Há em nós o sopro divino no limo: o espírito na matéria".[4] Deus é o autor de ambos.

---

[3] Resumidamente e segundo alguns, há cerca de 3,5 bilhões de anos, a terra já reunia condições de suporte de vida elementar; há cerca de 500 milhões de anos, surgiram formas mais complexas de vida nos oceanos; há cerca de 360 milhões de anos, o planeta já era habitado por peixes, por anfíbios e répteis; os primeiros mamíferos antigos evoluíram há cerca de 230 milhões de anos e os mamíferos modernos se originaram há uns 50 milhões de anos; os primatas surgiram há uns 40 milhões de anos.

[4] NABUCO, Joaquim. *A escravidão*. Rio de Janeiro: Nova Fronteira, 1999, p. 8.

II

A VIDA EM SOCIEDADE

"Não é bom que o homem esteja só."
Gn 2,18

Por mais distante que nosso olhar penetre no horizonte da criação, sempre encontramos o homem em companhia de seus semelhantes: não sabe e não consegue viver só.

Sua própria constituição – infância extremamente frágil e prolongada, requerendo cuidados intensos para sobrevivência – reforça os próprios laços da socialidade. Por outro lado, a inclinação natural e instintiva da vivência em sociedade é reforçada pelo desenvolvimento da inteligência, que leva à compreensão de que um "cordão simples" pode ser partido facilmente, mas, como ensina o Eclesiastes (4,12), "o cordão de três dobras não se rebenta com facilidade".

Dito de outro modo, o homem compreendeu, como La Fontaine, que "toda força será fraca, se não estiver unida".[1]

Afinal, Deus viu que "não é bom que o homem esteja só".[2]

Portanto, é na vida social que o homem consegue estar em mais segurança e buscar o pleno desenvolvimento de sua personalidade.

---

[1] Aliás, a união é princípio divino que se manifesta em todas as coisas. Como pregava o Padre Antônio Vieira: "As obras da natureza e as da arte, todas se conservam e permanecem na união, e todas na desunião se desfazem, se destroem e se acabam. Esta máquina tão bem composta do mundo, com ser obra de braço onipotente, que é o que a sustenta e a conserva, senão a perpétua e constante união de suas partes? Não vemos o cuidado vigilantíssimo com que a natureza anda sempre em vela sobre este ponto principal de sua conservação, violentando-se a si mesma – se é necessário – e fazendo subir os corpos pesados e descer os leves, só para não impedir os danos daquela desunião, a que os filósofos chamam vácuo? Seis mil anos há que dura o universo, sem se sentir nem ver nele o menor sinal de desunião, e por isso dura tanto; e quando finalmente chegar seu fim, a falta ou a rotura desta união será o último paroxismo de que há de morrer o mundo. Esse foi o pensamento profundo do grão-príncipe da Igreja, São Pedro, o qual chamou ao fim do mundo desunião do universo; e para dizer que todas as coisas se hão de acabar, disse que todas se hão de desunir: *Cum igitur haec omnia dissolvenda sint* [Como, pois, todas estas coisas hajam de ser desfeitas (2Pd 3,11)]. – Toda a vida – ainda das coisas que não tenham vida – não é mais que uma união. Uma união de pedras é edifício, uma união de tábuas é navio, uma união de homens é exército. E sem esta união tudo perde o nome, e mais o ser. O edifício sem união é ruína, o navio sem união é naufrágio, o exército sem união é despojo. Até o homem – cuja vida consiste na união de alma e corpo – com união é homem, sem união é cadáver... Cuida a providência política que os reinos se conservam com ferro e com bronze, e sobretudo com ouro e com prata, e é engano. O que sustenta e conserva os reinos é a união... bastou uma só desunião para derrubar e desfazer quatro impérios, dos mais valentes, dos mais poderosos, dos mais sábios e dos mais bem governados homens do mundo. Se quatro impérios, com uma só desunião se arruínam e acabam, um reino, e não muito grande, dividido em muitas desuniões, que se pode temer dele? ... Para derrubar um reino, e muitos reinos, onde há desunião não são necessárias batarias, não são necessários canhões, não são necessários trabucos, não são necessárias balas nem pólvora: basta uma pedra: *lapis.* – Para derrubar um reino, e muitos reinos, onde falta união não são necessários exércitos, não são necessários cavalos, não são necessários homens, nem um homem, nem um braço, nem uma mão: *Sine manibus.* – Nós temos muito boas mãos, e o sabem muito bem nossos competidores; mas, se não tivermos união, nem eles haverão mister mãos para nós, nem a nós nos hão de valer as nossas" (VIEIRA, Pe. Antônio *Sermões.* Sermão do Santíssimo Sacramento, pregado em Santa Engrácia no ano de 1662. Erechim: Edelbra, 1998, v. VIII, p. 165-167). Os quatro grandes impérios referidos por Vieira são o dos assírios, persas, gregos e romanos; o "não muito grande" era o reino de Portugal. Vieira disse nesse sermão que "Seis mil anos há que dura o universo" porque, em sua época, alguns calculavam que essa seria a sua idade.

[2] Gn 2,18. *Bíblia de Jerusalém.* São Paulo: Edições Paulinas, 1973, p. 35.

III

MODOS DE VIVER E DE CONVIVER

"Nenhum homem é uma ilha isolada: cada homem é uma parcela do continente, uma parte do todo. Se um torrão é arrastado pelo mar, a Europa fica diminuída, tal como se fosse um promontório, como se fosse um homem ou teus amigos ou fosse tu mesmo. A morte de qualquer homem diminui-me porque pertenço à Humanidade. Por isso nunca perguntes por quem os sinos dobram: dobram por ti."

John Donne

Dotados desse espírito gregário, desde que fomos criados, buscamos sobreviver e aperfeiçoar-nos: temos experimentado diversos *modos de viver e de conviver.*

Saímos dos pequenos grupos homogêneos e formamos sociedades complexas. Surgimos na *selvageria*, passamos pela *barbárie* e estamos na *civilização.*[1] Assim:

– emergimos em hordas;
– inventamos a família;
– criamos as tribos e os clãs;
– unimo-nos em confederações de tribos;
– formamos nações;
– produzimos o Estado;
– estamos construindo grandes blocos de Estados em razão de interesses diversos, dentre eles o econômico e o político;
– há a possibilidade de ocorrência de um *Estado Global.*

Verificam-se tropeços e retrocessos nessa *jornada*; mas existe uma nítida diretriz evolutiva e de aperfeiçoamento, de modo que, no geral, cada circunstância traz consigo sua experiência e mais luz.

---

[1] A respeito desse processo e suas características, vide a extraordinária obra de MORGAN, Lewis Henry. *Ancient society.* 2ª ed., Tucson: The University of Arizona Press, 1995.

IV

DIFICULDADES DA VIDA EM SOCIEDADE

"Saber conviver com os homens é uma arte de tanta dificuldade que muita gente morre sem a ter compreendido."

Marquês de Maricá

Apesar das vantagens da vida em sociedade, nem tudo é beleza e calmaria: a par dos fatores de agregação, existem os de desagregação, de modo que toda comunidade sofre ameaças e enfrenta desafios de natureza interna e externa.

Dentre os primeiros, são exemplos os decorrentes de choques de interesses e da visão particularista de certos integrantes.[1] Segundo alguns, a harmonia e a paz no interior dos grupos não seriam normais; as pressões de natureza interna seriam mais freqüentes que as externas, principalmente as decorrentes do egoísmo, ambição e crueldade natural dos homens que – como leciona Darcy Azambuja – "determinariam lutas constantes, vinganças e morticínios implacáveis".[2]

Dentre os segundos, estão a hostilidade ou concorrência de outros grupos,[3] fatores ambientais adversos – inclusive em decorrência de drásticas transformações climáticas[4] – e a escassez de fontes de alimentação.

---

[1] Quanto mais cresce um grupo, mais encerra em seu seio muitas "vontades particulares como membros"; e esses membros freqüentemente estão em graus evolutivos diversos, o que vale dizer que possuem interesses às vezes conflitantes e diversidade em moralidade, em sentimentos e conduta. Surgem os choques de interesses e "o egoísmo, a ambição, a crueldade natural dos homens determinariam lutas constantes, vinganças e morticínios implacáveis" (vide AZAMBUJA, Darcy. *Teoria Geral do Estado*. 35ª ed., São Paulo: Globo, 1996, p. 89). Spinoza chegava a afirmar que "os perigos que ameaçam a Civitas têm por causa cidadãos mais do que os inimigos do exterior, pois os bons cidadãos são raros. De onde se segue que aquele a quem o direito de comandar é entregue por inteiro receará sempre mais os cidadãos que os inimigos do exterior e, conseqüentemente, aplicar-se-á a defender-se a si mesmo e, em vez de salvaguardar os súditos, a enganá-los, sobretudo àqueles que a sua sabedoria tenha posto em foco, ou cujas riquezas tenham tornado poderosos" (SPINOZA, Baruch. *Tratado político*. Tradução de Norberto de Paula Lima. São Paulo: Ícone, 1994, p. 63). Nem o seio familiar está livre de grandes problemas. Muitas pessoas não se harmonizam com a disciplina geral do grupo, não acatam espontaneamente as determinações emanadas de seu direito ou de seu sistema de direção e não atuam no sentido de realização do fim comum. Não são muito numerosos os que fazem espontaneamente ao próximo o que gostariam que este lhes fizesse; muitos, ao contrário, exploram o semelhante e tentam impor sua vontade sobre ele, vontade tantas vezes egoísta e, para tanto, se puderem, abusarão de sua força, malícia ou inteligência, fazendo valer seus caprichos ou conveniências sem se importarem com as conseqüências daí decorrentes. São conhecidos, por exemplo, os problemas de certas famílias poderosas, como os da época do Império Romano e do Rei Henrique VIII, da Inglaterra. Entretanto, merece citação um caso narrado por Michel Farquhar: o de Frederico Guilherme I e de seu filho

primogênito, Frederico, no século XVIII, na Prússia. Segundo narra Farquhar, Frederico Guilherme I tinha violenta aversão pelo filho e o submetia a constantes maus-tratos físicos e morais, o que levou o menino a ter pavor do pai. Os anos se sucederam e por diversas vezes o filho foi obrigado a se humilhar intensamente até obter com o genitor uma paz precária. Frederico Guilherme I era cruel, hostil e inculto, enquanto que Frederico amava as artes, a literatura e a ciência. O pai considerava o filho afeminado, incapaz de montar e de atirar. Segundo Michel Farquhar, "o monarca reagia a todo e qualquer comportamento do filho que lhe parecesse janotice; certa vez, por exemplo, surrou-o despropositadamente por pegá-lo usando um garfo de prata de três dentes, em lugar do de dois dentes de uso corrente". E, "noutra ocasião, o rei espancou seu servil filho e concluiu, com desprezo: 'se meu pai me tratasse assim, eu me mataria. Mas esse sujeito não tem honra; aceita tudo o que lhe acontece'". Quando o pai faleceu, em 1740, Frederico assumiu o trono. Segundo ainda Michel Farquhar, Frederico "ficaria conhecido em todo o mundo como Frederico, o Grande – poeta e músico de renome e gigante militar que preparou o terreno para o surgimento do Império Germânico" (FARQUHAR, Michel. *Escândalos reais*. Rio de Janeiro: Ediouro Publicações S. A., 2003, p. 151-153). Bem menos sucesso tiveram os filhos de outro "monarca absolutista", Stalin. Narra Volkogonov que "sua mesquinhez espiritual, que evoluiu em excepcional aspereza e, mais tarde, em crueldade, custou a vida da esposa e arruinou a existência dos filhos" (VOLKOGONOV, Dmitri. *Stalin – Triunfo e tragédia*. Rio de Janeiro: Editora Nova Fronteira, 2004, v. 1, p. 155). Um dos homens mais poderosos de todos os tempos não soube fazer a felicidade nem dos próximos mais próximos (vide também a respeito VOLKOGONOV, obra citada, v. 1, p. 149, 151 e 154).

[2] Vide AZAMBUJA, Darcy. *Teoria Geral do Estado*. 35ª ed., São Paulo: Globo, 1996, p. 89.

[3] De que são trágicos exemplos as invasões bárbaras no Império Romano. Vide, a respeito, GIBBON, Edward. *Declínio e queda do Império Romano*. Ed. abreviada, São Paulo: Companhia das Letras, 1989; e ESPINOSA, Fernanda. *Antologia de textos históricos medievais*. 3ª ed., Lisboa: Sá da Costa Editora, 1981.

[4] Como as ocorridas na África, por volta de 15 e 12 milhões de anos, que influenciaram intensamente o desenvolvimento de nossa espécie, conforme narra LEAKEY, Richard. *A origem da espécie humana*. Rio de Janeiro: Rocco, 1997, p. 26-29.

V

ORGANIZAÇÃO

"A ordem está no equilíbrio da vida exterior com a vida íntima de uma sociedade, na correspondência normal entre as superfícies aparentes da existência humana e suas profundezas, onde se geram as correntes, as vagas e as tempestades. Não reside nas exposições e nos triunfos da vaidade e da força. No que nela consiste, politicamente, é na conformidade espontânea entre os aparelhos legais de uma nação e os elementos vivos de seu organismo. Essa conformidade traz a confiança, a confiança a paz, a paz a estabilidade."

Rui Barbosa

Todo grupo humano busca sobrevivência e seu aperfeiçoamento. Isso é facilitado pela *organização.*

Organização não é outra coisa senão a existência de regras que facilitam a sobrevivência do grupo, a convivência entre seus membros e a realização de seus objetivos,[1] com normas tendendo à prática *de certos atos e a abstenção de outros.*

Essas *regras* são as "normas jurídicas que formam o Direito social, institucional ou disciplinar desse grupo";[2] seu *direito comum,* que seus membros "devem observar em suas relações entre si e com a coletividade".[3]

Sem elas, seria impossível a co-existência de tantas e tão diversas pessoas e grupos de interesses; fora delas, "o que existe é o arbítrio, é a lei do mais forte e menos escrupuloso, e com base nessa lei jamais será implementada uma sociedade justa, que possibilite a convivência pacífica dos seres humanos".[4]

A existência de tais regras implica inclusive a existência de sistema de governo ou chefia,[5] sendo certo que os grupos ou as tribos que não

---

[1] MORAIS, Emanuel de. *A origem e as transformações do Estado.* Rio de Janeiro: Imago, 1996, p. 90.

[2] CAETANO, Marcelo. *Manual de Ciência Política e Direito Constitucional.* Coimbra: Almedina, 1996, v. 1, p. 4.

[3] Id., Ibid., p. 4.

[4] Como afirma Dalmo de Abreu Dallari, no prefácio da obra *AI-5,* de CONTREIRAS, Hélio. *AI-5.* Rio de Janeiro: Record, 2005, p. 11.

[5] É preciso que exista um sistema de chefia, de direção ou de governo que "condense o querer geral e o converta em atos concretos de administração"; e que faça observar as regras de conduta, "castigando aqueles que não as acatem" (CAETANO, Marcelo. *Manual de Ciência Política e Direito Constitucional.* Coimbra: Almedina, 1996, v. 1, p. 4.). Porque "toda unidade de fins nos homens necessita a direção de uma vontade. Esta vontade, que há de cuidar dos fins comuns da associação, que há de ordenar e há de dirigir a execução de suas ordenações..." (JELLINEK, Georg. *Teoría General del Estado.* México: Fondo de Cultura Económica, 2000, p. 394). Emanuel de Morais afirma que não se pode conceber a sociedade humana sem tal noção (MORAIS, Emanuel de. *A origem e as transformações do Estado.* Rio de Janeiro: Imago, 1996, p. 113.), o que implica que os homens sempre viveram divididos em dois grupos: o dos senhores e o dos servos, o dos que dirigem e o dos que são dirigidos, o dos que mandam e o dos que obedecem, o dos que subordinam e o dos que são subordinados, o dos líderes e o dos liderados. Em termos que se aplicam aos tempos em que vivemos, o grupo dos que governam e o grupo dos que são governados.

conseguiram aperfeiçoá-lo e que sobreviveram "foram e ainda são... umas das mais malsucedidas de todas as sociedades humanas".[6]

Por sua vez, a existência de um sistema de chefia ou de governo implica a necessidade de existência de meios de controle do poder dos órgãos dirigentes.[7]

---

[6] "... Foi somente em regiões onde não encontraram formas mais avançadas de governo, como a Austrália, partes do leste da África e as planícies norte-americanas, que as tribos sem governantes conseguiram espalhar-se em grandes territórios e manter seu modo de vida. Em todas as outras partes do mundo, seu destino foi a expulsão para a selva, como na América do Sul e na África central; para os desertos, como na África do Sul; ou para os desertos árticos da Groenlândia, do Canadá e do Alasca. E, de fato, só nesses ambientes inóspitos algumas delas conseguiram resistir até recentemente" (VAN CREVELD, Martin. *Ascensão e declínio do Estado.* São Paulo: Martins Fontes, 2004, p. 16). A respeito do sistema de chefia e das características do poder que necessita, consignamos as seguintes considerações: "Se os homens fossem anjos, nenhum governo seria necessário" (MADISON, James, citado por PADOVER, Saul K. *The living U. S. Constitution.* New York: The New American Library of World Literature, Inc., 1953, p. 14); para "ordenar e dirigir a execução de suas ordenações", o sistema de chefia precisa dispor de condições para impor sua vontade quando esta for resistida, ou fazer valer o direito comum quando este for desobedecido ou ameaçado. Caso contrário, não poderá "unificar os esforços isolados e dispersos de seus componentes e de encaminhá-los para a consecução dos fins propostos" (BORJA, Rodrigo. *Derecho político y constitucional.* México: Fondo de Cultura Económica, 1992, p. 57); essas condições constituem um poder peculiar, que é "a possibilidade de eficazmente impor aos outros o respeito da própria conduta ou de traçar a conduta alheia" (CAETANO, Marcelo. *Manual de Ciência Política e Direito Constitucional.* Coimbra: Almedina, 1996, v. 1, p. 5) ou "a capacidade de um indivíduo ou grupo de levar à prática sua vontade, inclusive apesar da resistência de outros indivíduos ou grupos" (BODENHEIMER, Edgar. *Teoría del Derecho.* 2ª ed. Tradução de Vicente Herrero. México: Fondo de Cultura Económica, 1994, p. 17); seu exercício se dá através de meios "físicos, psicológicos ou intelectuais" (BODENHEIMER, obra citada, p. 17), tratando-se de "uma relação sócio-psicológica baseada em um recíproco efeito entre os que detêm e exercem o poder... e aqueles a que vai dirigido" (LOEWENSTEIN, Karl. *Teoria de la Constitución.* Barcelona: Ariel, 1965, p. 26); o conceito de poder compreende tanto o poder de fato quanto o poder chamado legítimo; quando o poder se baseia unicamente na força, é chamado de poder de fato; o poder legítimo é, por sua vez, aquele que "resulta do reconhecimento por aqueles a quem a vontade do sujeito se dirige, a de que ele atua de acordo com uma lei digna de acatamento geral, isto é, de que ele está em seu direito ao manifestar certa vontade" (CAETANO, obra citada, p. 5); quando esse poder "se explica pelo consentimento, tácito ou expresso, dos governados", ele se traduz como sendo autoridade, de modo que "quanto mais

consentimento, mais legitimidade, e quanto mais legitimidade, mais autoridade" (BONAVIDES, Paulo. *Ciência política.* 10ª ed. rev. e atual, São Paulo: Malheiros, 1998, p. 107); "legitimidade", de acordo com o princípio de Ferrero, "é aquilo que estabelece e justifica o direito de mandar e o dever de obedecer" (FERRERO, Guillermo. "Pouvoir – les génies invisibles de la cité", Paris, 1945, citado por PIÇARRA, Nuno. *A separação dos poderes como doutrina e princípio constitucional.* Coimbra: Coimbra, 1989, p. 38); leciona Bonavides que "o poder com autoridade é o poder em toda sua plenitude, apto a dar soluções aos problemas sociais. Quanto menor a contestação e quanto maior a base de consentimento e adesão do grupo, mais estável se apresentará o ordenamento estatal, unindo a força ao poder e o poder à autoridade. Onde, porém, o consentimento social for fraco, a autoridade refletirá essa fraqueza; onde for forte, a autoridade se achará robustecida" (BONAVIDES, obra citada, p. 107). Para ilustrar sobre o poder, vide a obra *Antígona*, de Sófocles, peça apresentada provavelmente no ano de 441 ou 442 a.C. (SÓFOCLES. *Antígona.* Brasília: UNB, 1997). O ideal não é que o órgão governante tenha apenas "força" para submeter os governados, mas sim "autoridade". Bonavides traça interessantes distinções entre a força, o poder e a autoridade, esclarecendo que: a força exprime a capacidade material de comandar interna e externamente; o poder significa a organização ou disciplina jurídica da força; e a autoridade, enfim, traduz o poder quando ele se explica pelo consentimento, tácito ou expresso, dos governados, de modo que quanto mais consentimento, mais legitimidade, e quanto mais legitimidade, mais autoridade (BONAVIDES, obra citada, p. 106-107).

[7] A existência do sistema de governo leva à necessidade de mecanismos de controle do poder. A "... experiência eterna mostra que todo homem que tem poder é tentado a abusar dele; vai até onde encontra limites" (MONTESQUIEU. *Do espírito das leis.* São Paulo: Abril Cultural, 1973, p. 156 – Os pensadores, 21), esteja na condição de governante, esteja na condição de governado, exerça poder de direito ou exerça poder de fato. Loewenstein afirmava com razão que "é evidente, e numerosas são as provas disso, que ali onde o poder político não está restringido e limitado, o poder se excede. Rara vez, por não dizer nunca, o homem exerceu um poder ilimitado com moderação e comedimento. O poder leva em si mesmo um estigma, e só os santos entre os detentores do poder – e onde se podem encontrar? – seriam capazes de resistir à tentação de abusar do poder" (LOEWENSTEIN, Karl. *Teoria de la Constitución.* Barcelona: Ariel, 1965, p. 28). O poder, portanto, quando está sem controle, é uma das forças mais destrutivas do universo. A busca de mecanismos que permitam seu controle – sem que o órgão dirigente seja reduzido à ineficiência e fique impedido de realizar os fins propostos pelo grupo – é uma constante preocupação de toda a comunidade. Busca-se, com esse controle, um equilíbrio que evite a anarquia ou o despotismo. Os grupos que não conseguem controlar seu sistema de direção, a fim de fazê-lo operar para o bem comum, tornam-se ineficientes, sucumbem na anarquia ou são explorados pelos dirigentes. Um dos meios de se tentar evitar a anarquia e o despotismo é o aperfeiçoamento das regras do grupo – seu Direito. Como leciona Bodenheimer, "para evitar a anarquia, o Direito limita o poder dos indivíduos particulares; para evitar o despotismo, freia o poder do governo..." e sua função geral – do Direito – "é essencialmente a mesma; consiste na criação de restrições ao exercício arbitrário

e ilimitado do poder" (BODENHEIMER, Edgar. *Teoría del Derecho*. 2ª ed. Tradução de Vicente Herrero. México: Fondo de Cultura Económica, 1994, p. 28). Vide igualmente o movimento chamado "Constitucionalismo", que é uma "técnica específica de limitação do poder com fins garantísticos" (CANOTILHO, J. J. Gomes. *Direito Constitucional e Teoria da Constituição*. 2ª ed., Coimbra: Almedina, 1997, p. 45) e que visa a "estabelecer em toda parte regimes constitucionais, quer dizer, governos moderados, limitados em seus poderes, submetidos a Constituições escritas" (conforme FERREIRA FILHO. Manoel Gonçalves. *Curso de Direito Constitucional*. 24ª ed., São Paulo: Saraiva, 1997, p. 7), cujo traço característico "mais antigo, constante e duradouro... continua sendo, como tem sido quase desde o começo, a limitação do governo pelo direito" (MCILWAIN, Charles Howard. *Constitucionalismo antiguo y moderno*. Madrid: Centro de Estudios Constitucionales, 1991. p. 37).

VI

DIREITO POSITIVO

"Eu creio na lei, e não creio senão nela, mas na lei em sua verdade, em sua inteireza, em seu espírito desinteressado, sem cumplicidade com as conveniências dos amigos, nem capitulações ante as exigências do poder."

Rui Barbosa

Essas regras de conduta formam o *direito positivo* de um povo, assim conceituado como "aquele colocado, elaborado pelo homem, na sociedade, a construção humana imperativa..."[1]

Quando o grupo não consegue estabelecer regras de conduta adequadas a certa época ou deixa de obedecê-las, pode cair em anarquia[2] ou ser vítima do despotismo.[3]

E, justamente "... porque é criado pelo homem", o direito positivo "pode sofrer mutações..."[4]

Não representa sempre o *ideal*, mas o *possível*, o que cada época e civilização são capazes de engendrar, de suportar e de merecer. É um *desenho* do *calidoscópio* da sociedade – como um todo – e de seus integrantes – individualmente considerados –, resultante "do impacto de diversos fatores sociais (religião, moral, econômico, demográfico, geográfico etc.)".[5]

Não é, apenas, um "produto da vida social": "é também criado por uma vontade sem a qual ele seria apenas virtual e sem

---

[1] MACEDO, Sílvio de. Verbete "direito positivo". *Enciclopédia Saraiva do Direito,* coordenação do Prof. R. Limongi França. São Paulo: Saraiva, 1977, v. 27, p. 504-505. Vide, por exemplo, sobre o Direito, ASSIER-ANDRIEU, Louis. *O direito nas sociedades humanas.* São Paulo: Martins Fontes, 2000.

[2] A anarquia é aquela situação em que "não há regras coativas que todo indivíduo esteja obrigado a reconhecer e obedecer. Todo o mundo é livre para fazer o que quiser. Não há Estado ou governo que imponha limites ao exercício arbitrário desse poder" (BODENHEIMER, Edgar. *Teoría del Derecho.* 2ª ed. Tradução de Vicente Herrero. México: Fondo de Cultura Económica, 1994, p. 20). Spinoza pensava que, na anarquia, "cada indivíduo trataria de estender seu poder até onde lhe seria possível e haveria, desse modo, de se chocar com outros indivíduos" (SPINOZA, Baruch, citado por BODENHEIMER, obra citada, p. 21).

[3] O despotismo "é uma forma de governo em que um homem goza de um poder ilimitado sobre os súditos que rege" (BODENHEIMER, Edgar. *Teoría del Derecho.* 2ª ed. Tradução de Vicente Herrero. México: Fondo de Cultura Económica, 1994, p. 23), ou seja, "há despotismo cada vez que os homens têm amos; quer dizer, sempre que estão submetidos à vontade arbitrária de outros homens" (CONDORCET, Marie-Jean-Antoine-Nicolas de Caritat, Marquês de. *Ideas acerca del despotismo. Bosquejo de un cuadro histórico de los progresos del espíritu humano y otros textos.* México: Fondo de Cultura Económica, 1997, p. 363).

[4] MACEDO, Sílvio de. Verbete "direito positivo". *Enciclopédia Saraiva do Direito,* coordenação do Prof. R. Limongi França. São Paulo: Saraiva, 1977, v. 27, p. 504-505.

[5] GUSMÃO, Paulo Dourado de. *Introdução ao Estudo do Direito.* 34ª ed. revista e com adições, Rio de Janeiro: Forense, 2004, p. 24.

efeito. Procede de atos individuais ou se lhes aplica, mas só pode impor-se comumente porque é reconhecido ou imposto por uma autoridade social".[6]

Se quisermos conhecer um grupo social e o grau de desenvolvimento a que chegou em determinada época, basta analisarmos seu *direito positivo.*

Em excelente lição, afirma Jayme de Altavila que:

> "Os direitos sempre foram espelhos das épocas.
>
> O Tigre e o Eufrates[7] refletiram menos o povo mesopotâmico do que o baixo-relevo descoberto por Morgan, representando Shamash, o deus da Justiça, entregando ao rei faustoso o código cuneiforme.
>
> E o Tibre,[8] com suas águas tintas do sangue romano, desde Rômulo,[9] muito menos retratou o povo das sete colinas do que a Lei das XII Tábuas.

---

[6] BERGEL, Jean-Louis. *Teoria Geral do Direito.* São Paulo: Martins Fontes, 2001, p. 6.

[7] Os rios *Tigre* e *Eufrates* são os dois grandes rios que formam a Mesopotâmia, local onde se encontra o atual Iraque. *Mesopotâmia* significa *terra entre os rios.* Vide http://pt.wikipedia.org.

[8] "O Tibre é um rio no território italiano, com nascente na Toscana. Atravessa a Umbria (Città di Castello), depois o Lácio (Orte e Roma) e deságua no Mar Tirreno". In http://pt.wikipedia.org.

[9] Fundador lendário de Roma. "Diz a lenda que quando Tróia caiu, Enéias, príncipe troiano filho de Vênus, conseguiu salvar-se. Após uma longa peregrinação, chegou ao Lácio e se casou com uma filha de um rei latino. O filho de Enéias fundou a cidade de Alba Longa. O tempo passou e os descendentes de Enéias reinavam em Alba. Um deles, Numitor, foi deposto e aprisionado por Amúlio, seu irmão. Amúlio matou um sobrinho e colocou sua sobrinha, Réia Sílvia, num colégio de Vestais. O deus Marte passou por lá e teve gêmeos: Rômulo e Remo. Os meninos foram abandonados pelo tio-avô num barquinho, que, levado pela correnteza do Tibre, parou perto do Monte Palatino. Os dois irmãos foram salvos por uma loba enviada por Marte, que os amamentou e os protegeu. Quando o pastor Fáustulo os encontrou, estavam sendo amamentados pela loba. Ele os recolheu, deu-lhes os nomes de Rômulo e Remo e confiou-os a Aca Larência, sua esposa. Já adulto, Remo envolveu-se numa rixa com alguns pastores e foi conduzido a Amúlio. Informado por Fáustulo das circunstâncias de seu nascimento, Rômulo dirigiu-se ao palácio e libertou o irmão. A seguir, matou Amúlio, restabelecendo no trono seu avô Numitor. Numitor, agradecido, deu-lhes ordem para fundar uma cidade às margens do Tibre, que foi Roma (ano de 753 a.C.). Para saberem

Inspirados nas necessidades de cada tempo, eles não foram benignos nem draconianos: foram o espírito ático de Sólon[10] e

o local onde seria mais propícia sua edificação, interrogaram os presságios. Remo dirigiu-se ao Aventino e viu seis abutres sobrevoarem o monte. Indo até o Palatino, Rômulo viu doze aves. Favorecido pelos augúrios, fez um sulco em volta da colina, demarcando o *pomerium*, recinto sagrado da nova cidade. Enciumado por não ter sido escolhido pelos presságios, Remo escarneceu do irmão, afirmando que o local era mal protegido; num salto, atravessou o sulco e foi morto por Rômulo, que o enterrou sob o Aventino. Após a fundação da cidade em 753 a.C., Rômulo preocupou-se em povoá-la. Criou no Capitólio um refúgio para todos os banidos, devedores e assassinos da redondeza. Como faltavam mulheres, durante uma festa, os novos habitantes raptaram todas as jovens do povo vizinho, os sabinos. Estes, reunidos sob o comando de Tito Tácio, atacaram Roma. Com a ajuda de Tarpéia, conseguiram penetrar no Capitólio. Entretanto, graças à intervenção pacificadora das mulheres, romanos e sabinos assinaram um tratado de paz. Tito Tácio e Rômulo passaram a governar em conjunto. Depois da morte de Tito Tácio, Rômulo reinou sozinho durante 33 anos. Instituiu o Senado, criou a primeira legião, dividiu os cidadãos em patrícios e plebeus. Foi chamado Pai da Pátria. Aos 54 anos, enquanto passava em revista as tropas, irrompeu terrível tempestade, acompanhada de um eclipse solar. Passada a tormenta, o rei tinha desaparecido. Em sonho, revelou a Próculo que tinha sido raptado pelos deuses e se havia transformado no deus Quirino. Esta lenda está narrada no poema épico Eneida, do poeta romano Virgílio, que aproxima a história romana da troiana, já que Enéias, pai de Réia Sílvia, era um dos heróis de Tróia, que, depois de sua destruição, fugiu para a Itália. As pesquisas arqueológicas têm confirmado alguns dados tradicionais, como a data de fundação da cidade" In http://pt.wikipedia.org/wiki/R%C3%Romulo_e_Remo. Vide também Tito Lívio. *História de Roma*. Tradução de Paulo Matos Peixoto. São Paulo: Paumape, 1989, p. 21-30.

[10] "Sólon foi um legislador ateniense que em 594 a.C. iniciou uma reforma em que as estruturas social, política e econômica da pólis ateniense foram alteradas. Vindo de uma família que havia sido arruinada economicamente em meio ao contexto de valorização dos bens móveis na pólis ateniense, Sólon se reconstituiu economicamente através da atividade comercial. Profundo conhecedor das leis, ele foi convocado como legislador pela aristocracia em meio ao contexto de tensão social existente na pólis, no qual os demais grupos sociais viam as reformas de Drácon (ocorridas por volta de 621 a.C.) como algo insuficiente. Em sua reforma, Sólon proibiu a hipoteca da terra e a escravidão por endividamento através da chamada lei *Seixatéia*, dividiu a sociedade pelo critério censitário (pela renda anual) e criou o tribunal de justiça. Suas atitudes, no entanto, desagradaram a aristocracia, que não queria perder seus privilégios oligárquicos, e o povo, que desejava mais que uma política censitária, e sim a promoção de uma reforma agrária" In http://pt.wikipedia.org.

a alma acanhada de Drácon,[11] traduzindo os merecimentos de suas épocas.

Desta forma, a força acessual dos direitos nunca procedeu do individualismo, pois o homem sempre foi um fio do tecido social, ou uma lasca da linha de cumeeira das civilizações. Os artífices dos direitos dos povos não fizeram outra coisa senão olhar argutamente sua sociedade e pintá-la. Os retratos jurídicos apenas revelam seus estilos, porém as fisionomias estampadas nos pergaminhos, nos tijolos, nas pedras e nas tábuas, eram as mesmas de seu semblante".[12]

O direito positivo "é (ou deve ser) o veículo para a realização da justiça, que é (ou deve ser) a meta da ordem jurídica".[13] O direito positivo e a justiça estão ou devem estar na relação de *meio-finalidade.*

[11] "Drácon de Atenas era um legislador ateniense (século VII a.C.). Arconte de origem aristocrática, Drácon recebeu em 621 a.C. poderes extraordinários, com a missão de publicar o que mais tarde ficou conhecido como leis draconianas, o primeiro código ateniense a ser escrito. Afirmava, essencialmente, a supremacia dos poderes públicos. Consagrou o direito de jurisdição do pai sobre o filho, mas suprimiu a vingança particular. Para os crimes graves, aqueles submetidos ao Areópago, as penas eram a morte ou o exílio. O código escrito por Drácon, contudo, não era uma constituição, pois não contemplava os problemas econômicos e sociais. Estes, somente seriam resolvidos por Sólon de Atenas." In http://pt.wikipedia.org.

[12] ALTAVILA, Jayme de. *Origem dos direitos dos povos.* 5ª ed., São Paulo: Ícone, 1989, p. 11-12.

[13] GUSMÃO, Paulo Dourado de. *Introdução ao Estudo do Direito.* 34ª ed. revista e com adições, Rio de Janeiro: Forense, 2004, p. 73.

VII

JUSTIÇA

"... A justiça é muitas vezes considerada a maior das virtudes, e 'nem Vésper,[1] nem a estrela-d'alva' são tão admiráveis; e proverbialmente 'na justiça estão compreendidas todas as virtudes'. E ela é a virtude completa no pleno sentido do termo, por ser o exercício atual da virtude completa..."

Aristóteles

[1] "Vênus é o segundo planeta mais próximo do Sol (108 milhões de quilômetros), situado entre Mercúrio e Terra. Visto da Terra, é o astro mais luminoso, depois do Sol e da Lua. É a primeira 'estrela' a brilhar ao anoitecer, e é chamada popularmente de Estrela Vésper, Estrela Vespertina, Estrela Matutina, Estrela d'Alva ou Estrela do Pastor. Em tamanho, assemelha-se à Terra, com 12.300 quilômetros de diâmetro. Alguns astrônomos acreditam que, apesar da atmosfera rarefeita, poderia conter formas de vida. Ele gira em torno de si em 117 dias terrestres, mas em sentido inverso ao dos outros planetas. O movimento de translação, a 35 km/s, leva 225 dias." In http://www.webciencia.com/04_venus.htm.

Entretanto, o que se observa na prática é que isso nem sempre acontece, de modo que as regras de conduta de vários povos são diversas entre si e, mesmo individualmente consideradas, são injustas.

Direito positivo e justiça, portanto, nem sempre coincidem. Vejamos os seguintes exemplos:

Do "Código de Hammurabi":[2]

"§196. Se um *awïlum*[3] destruiu o olho de um (outro) *awïlum*, destruirão seu olho.

§197. Se quebrou o osso de um *awïlum*, quebrarão seu osso.

§198. Se destruiu o olho de um *muškênum*[4] ou quebrou o osso de um *muškênum*, pesará uma mina[5] de prata.

§199. Se destruiu o olho do escravo de um *awïlum* ou quebrou o osso do escravo de um *awïlum*, pesará a metade de seu preço.

§200. Se um *awïlum* arrancou um dente de um *awïlum* igual a ele, arrancarão seu dente.

§201. Se arrancou o dente de um *muškênum*, pesará 1/3 de uma mina de prata.

---

[2] Conforme BOUZON, Emanuel. *O Código de Hammurabi.* 5ª ed., Petrópolis: Editora Vozes Ltda., 1986. Hammurabi reinou aproximadamente de 1792 a 1750 a.C.

[3] A população babilônica era divida em três grupos sociais no Código de Hammurabi: *awïlum*, o cidadão em pleno gozo de seus direitos, o homem livre, a principal camada social; a mais ínfima, formada pelos escravos, denominados *wardum* (homens) e *amtum* (mulheres); e um grupo intermediário denominado *muškênum*, "mas a determinação exata da natureza, das características e das funções deste grupo tem sido objeto de muitas discussões e polêmicas entre os especialistas. Até hoje não existe uma resposta satisfatória e definitiva para essas questões". E, quanto ao termo acádico *muškênum*, o *The Assyrian Dictionary of the University of Chicago* o traduz como "plebeu, pessoa não confiável para o trabalho, pobre, indigente, necessitado". In BOUZON, Emanuel. Obra citada, p. 35 e 34, respectivamente.

[4] Vide nota anterior.

[5] "Pesará" significa que deverá pagar a quantia ali mencionada. A "mina" "valia cerca de 500 gramas no período babilônico antigo". Conforme BOUZON, Emanuel. Obra citada, p. 64.

§202. Se um *awīlum* bateu na face de um *awīlum* que lhe é superior, será açoitado 60 (vezes), na assembléia, com um chicote (de couro) de boi.

§203. Se um *awīlum* bateu na face de (outro) *awīlum*, que é igual a ele, pesará uma mina de prata.

§204. Se um *muškênum* bateu na face de um (outro) *muškênum*, pesará 10 siclos[6] de prata.

§205. Se o escravo de um *awīlum* bateu na face de um *awīlum*, cortarão sua orelha.

§206. Se um *awīlum*, em uma briga, bateu em um (outro) *awīlum* e lhe infligiu um ferimento, esse *awīlum* deverá jurar: 'Não bati (nele) deliberadamente' e pagará o médico.

§207. Se ele morreu por causa de sua pancada, deverá jurar e, se foi um *awīlum*, pesará a metade de uma mina de prata.

§208. Se foi um *muškênum*, pesará 1/3 de uma mina de prata.

§209. Se um *awīlum* bateu na filha de um *awīlum* e a fez expelir o (fruto) de seu seio, pesará 10 siclos de prata pelo (fruto) de seu seio.

§210. Se essa mulher morreu, matarão sua filha.

§211. Se pela pancada fez a filha de um *muškênum* expelir o (fruto) de seu seio, ele pesará 5 siclos de prata.

§212. Se essa mulher morreu, ele pesará 1/2 mina de prata.

§213. Se bateu na escrava de um *awīlum* e a fez expelir o (fruto) de seu seio, ele pesará 2 siclos de prata.

§214. Se essa escrava morreu, ele pesará 1/3 de mina de uma mina de prata.

§215. Se um médico fez em um *awīlum* uma operação difícil com um escapelo de bronze e curou o *awīlum* ou (se) abriu a *nakkaptum*[7] de um *awīlum* com um escapelo de bronze e curou o olho do *awīlum*, ele receberá 10 siclos de prata.

---

[6] Dez siclos de prata equivaliam a aproximadamente 80 gramas, conforme BOUZON, Emanuel. *O Código de Hammurabi.* 5ª ed., Petrópolis: Editora Vozes Ltda., 1986, p. 72.

[7] "O termo acádico *nakkaptum* significa, provavelmente, o arco acima da sombrancelha". In BOUZON, obra citada, p. 188.

§216. Se foi o filho de um *muškênum*, ele receberá 5 siclos de prata.

§217. Se foi o escravo de um *awīlum*, o dono do escravo dará ao médico dois siclos de prata.

§218. Se um médico fez em um *awīlum* uma operação difícil com um escapelo de bronze e causou a morte do *awīlum* ou abriu a *nakkaptum* de um *awīlum* com um escapelo de bronze e destruiu o olho do *awīlum*, eles cortarão sua mão.

§219. Se um médico fez uma operação difícil com um escapelo de bronze no escravo de um *muškênum* e causou-lhe a morte, ele deverá restituir um escravo como o escravo (morto).

§220. Se ele abriu a sua *nakkaptum* com um escapelo de bronze e destruiu seu olho, ele pesará a metade de seu preço.

§221. Se um médico restabeleceu o osso quebrado de um *awīlum* ou curou um músculo doente, o paciente dará ao médico 5 siclos de prata.

§222. Se foi um *muškênum*, dará 3 siclos de prata.

§223. Se foi o escravo de um *awīlum*, o dono do escravo dará 2 siclos de prata.

§229. Se um pedreiro edificou uma casa para um *awīlum*, mas não reforçou seu trabalho e a casa, que construiu, caiu e causou a morte do dono da casa, esse pedreiro será morto.

§230. Se causou a morte do filho do dono da casa, matarão o filho desse pedreiro.

§282. Se um escravo disse a seu proprietário: 'Tu não és meu senhor', ele comprovará que é seu escravo e seu proprietário cortar-lhe-á sua orelha'".

Da legislação dos hebreus (Deuteronômio):[8]

"Que teu olho não tenha piedade. Vida por vida, olho por olho, dente por dente, mão por mão, pé por pé" (19,21).

---

[8] Deuteronômio, último livro do Pentateuco, contém várias leis dos hebreus (israelitas).

"Se alguém tiver um filho rebelde e indócil, que não obedece ao pai e à mãe e não os ouve mesmo quando o corrigirem, o pai e a mãe o pegarão e o levarão aos anciãos da cidade, à porta do lugar, e dirão aos anciãos da cidade: 'Este nosso filho é rebelde e indócil, não nos obedece, é devasso e beberrão'. E todos os homens da cidade o apedrejarão até que morra. Deste modo extirparás o mal de teu meio, e todo Israel ouvirá e ficará com medo" (21,18-21).

"Se um homem for pego em flagrante deitado com uma mulher casada, ambos serão mortos, o homem que se deitou com a mulher e a mulher. Deste modo extirparás o mal de Israel" (22,22).

Do "Código de Manu":[9]

"415. Uma mulher está sob a guarda de seu pai durante a infância, sob a guarda de seu marido durante a juventude, sob a guarda de seus filhos em sua velhice; ela não deve jamais conduzir-se a sua vontade.

612. Os eunucos, os homens degredados, os cegos e surdos de nascimento, os loucos, idiotas, mudos e estropiados não são admitidos a herdar.

703. Mas, o mais perverso de todos os velhacos é um ourives que comete uma fraude; que o rei o faça cortar em pedaços, por navalhas".

---

[9] ALTAVILA, Jayme de. *Origem dos direitos dos povos*. 5ª ed., São Paulo: Ícone, 1989, p. 74, 78 e 81. O Código de Manu foi "formulado dez séculos depois do Código de Hammurabi"; "O Código de Manu (Manu foi o Adão do paraíso indiano) faz parte da coleção dos livros bramânicos, enfeixado em quatro compêndios: o Maabárata, o Romaiana, os Purunas e as Leis de Manu" (ALTAVILA, obra citada, p. 65 e 62, respectivamente).

Da legislação babilônica:[10]

"Toda mulher nascida no país é obrigada, uma vez na vida, a ir ao templo de Vênus[11] para entregar-se a um estrangeiro..."

Do "Jus Papirianum":[12]

"XII. É lícito matar os que nascem monstruosos.

XVIII. Se uma mulher se embriaga em sua casa, será punida como se tivesse sido encontrada em adultério.

XIX. Seja lícito ao pai e à mãe banir, vender e matar os próprios filhos".

Da "Lei das XII Tábuas":[13]

"*Tábua segunda*

3. Se alguém comete furto à noite e é morto em flagrante, o que matou não será punido.

4. Se o furto ocorre durante o dia e o ladrão é flagrado, que

[10] Relatada por HERÓDOTO. *História*. Rio de Janeiro: Ediouro, 19, p. 84. Esse historiador teria nascido no ano de 484 a.C. Portanto, a legislação babilônica mencionada em seu livro era pelo menos contemporânea ao autor.

[11] Uma das divindades mais celebradas em toda a Antigüidade, eis que estava relacionada ao amor, à beleza, à paixão, à sensualidade, à fertilidade e ao êxtase sexual. Vênus é seu nome romano. Corresponde à grega Afrodite. Entre os babilônicos, era venerada como Ishtar.

[12] Coordenação de leis promovida por Tarquínio, o Soberbo, etrusco que reinou em Roma por volta de 534 a 510 a.C.; compilação feita por Filippo de Rossi, "Ritratto di Roma Ântica", ed. 1645, Roma, transcrito por ALTAVILA, Jayme de. *Origem dos direitos dos povos*. 5ª ed., São Paulo: Ícone, 1989, p. 87.

[13] "Lei das XII Tábuas", compilação romana de algumas centenas de anos antes de Cristo. Transcrita em PINHEIRO, Ralph Lopes. *História resumida do direito*. Rio de Janeiro: Editora Rio, 1976, p. 115-123.

seja fustigado e entregue como escravo à vítima. Se é escravo, que seja fustigado e precipitado do alto da rocha Tarpéia.[14]

Tábua terceira

4. Aquele que confessa dívida perante o magistrado ou é condenado ou terá 30 dias para pagar.

5. Esgotados os 30 dias e não tendo pago, que seja agarrado e levado à presença do magistrado.

6. Se não paga e ninguém se apresenta como fiador, que o devedor seja levado por seu credor e amarrado pelo pescoço e pés com cadeias, com peso até o máximo de 15 libras;[15] ou menos, se assim o quiser o credor.

---

[14] Tarpéia é o nome de um penhasco que fica em Roma entre o Teatro de Marcello e o Fórum Romano. De acordo com a lenda, esse nome foi dado em razão de um episódio ocorrido durante as lutas com os sabinos (que constituíam uma tribo na antiga Itália). Tarpéia era uma virgem vestal (assistente de Vesta, deusa romana), filha de Espúrio Tarpéio, comandante da cidadela fortificada de Roma, na colina do Capitólio. Tarpéia, certo dia, "ultrapassou as muralhas a fim de apanhar água para os sacrifícios e deixou-se seduzir pelo ouro de Tácio, concordando em introduzir soldados inimigos na cidadela. Penetrando no local, os sabinos trucidaram-na ao peso de suas armas, fosse para dar a impressão de terem tomado a cidadela à força, fosse para dar aos traidores o aviso de que não deveriam contar com promessas. A lenda acrescenta que os sabinos geralmente usavam pesados braceletes de ouro no braço esquerdo e anéis de pedrarias de rara beleza, e que a jovem teria reclamado como recompensa o que eles traziam na mão esquerda. Ao invés de dar-lhe o ouro, eles a teriam esmagado sob o peso de seus escudos. Outros dizem que, ao indicar o objeto que usavam na mão esquerda, ela pedira exatamente os escudos, e os sabinos, suspeitando de alguma cilada, haviam transformado sua recompensa no instrumento de sua morte" (TITO LÍVIO. *História de Roma.* Tradução de Paulo Matos Peixoto. São Paulo: Paumape, 1989, v. I, p. 35-36). Outro autor atribui a traição ao amor. "De qualquer modo, o nome de Tarpéia encontrava-se ligado a um local de Roma, na vertente do Capitólio, local de sinistras associações, pois nesse se castigavam os perjuros e outros criminosos que atentavam contra a República. E, precisamente, a lenda de Tarpéia era um exemplo de traição castigada" (PEREIRA, Maria Helena da Rocha. *Estudos de história da cultura clássica.* 3ª ed., Lisboa: Fundação Calouste Gulbenkian, 2002, p. 30).

[15] "A libra era a unidade das medidas de peso e equivalia a pouco mais de 327 gramas", in GIORDANI, Mario Curtis. *História de Roma.* 4ª ed., Petrópolis: Editora Vozes Ltda., 1976, p. 146.

7. O devedor preso viverá a sua custa, se quiser; se não quiser, o credor que o mantém preso dar-lhe-á por dia uma libra de pão ou mais, a seu critério.

8. Se não há conciliação, que o devedor fique preso por 60 dias, durante os quais será conduzido em três dias de feira ao *comitium*,[16] onde se proclamará, em altas vozes, o valor da dívida.

9. Se não muitos os credores, é permitido, depois do terceiro dia de feira, dividir o corpo do devedor em tantos pedaços quantos sejam os credores, não importando cortar mais ou menos; se os credores preferirem, poderão vender o devedor a um estrangeiro, além do Tibre.

Tábua quarta

1. É permitido ao pai matar o filho que nasceu disforme, mediante o julgamento de cinco vizinhos.

2. O pai terá sobre os filhos nascidos de casamento legítimo o direito de vida e de morte e o poder de vendê-los.

Tábua sétima

11. Se alguém fere a outrem, que sofra a pena de Talião, salvo se houver acordo.

Tábua nona

6. Se alguém promove em Roma assembléias noturnas, que seja morto.

Tábua décima

6. Que o cadáver seja vestido com três roupas e o enterro se faça acompanhar de dez tocadores de instrumentos.

---

[16] Em frente ao prédio do Senado romano. Era o local de encontro do povo de Roma. *Comitium* significa "local de encontro". In http://intranet.grundel.nl/thinkquest/comitium.html. Era o centro da vida política romana (vide também http://sights.seindal.dk/sight/158_Comitium.html).

Tábua décima primeira

2. Não é permitido o casamento entre patrícios[17] e plebeus[18]".

Sólon, tendo dado leis a Atenas, perguntado se dera "as melhores leis", respondeu: "As melhores que eles podiam aceitar".[19] Pelo mesmo motivo, o então Deputado Prado Kelly, ao pronunciar-se sobre a Constituição Brasileira de 1946, disse que "esta Constituição talvez não tenha sido a ideal. Mas nas atuais circunstâncias foi a única possível de ser feita".[20] E acertadamente afirmava Pascal[21] que "três graus de elevação no pólo derrubam a jurisprudência. Um meridiano decide da verdade; em poucos anos de posse, as leis fundamentais mudam; o direito tem suas épocas. A entrada de Saturno

[17] "Os patrícios, cidadãos de Roma, constituíam a aristocracia romana, a elite. Desempenhavam altas funções públicas, no exército, na religião, na justiça ou na administração. Eram grandes proprietários de terra e credores dos plebeus. Os patrícios, descendentes das famílias mais antigas da cidade, eram donos das maiores e melhores terras e os únicos a possuir direitos políticos." In http://pt.wikipedia.org/wiki/Patr%C3%ADcio.

[18] "Ao lado dos patrícios e clientes, encontramos os plebeus (do latim *plebem*, que significa multidão), que eram uma turba não organizada que formava, em Roma, um mundo à parte, a plebe. Eles habitavam o solo romano, sem integrar a cidade. Como acentua Bouché-Leclercq "eles tinham o domicílio, mas, não a pátria". Eram homens livres, podiam possuir terras, pagavam impostos e prestavam serviços militares. A diferença entre patrícios e plebeus era marcada por barreiras de tabus extremamente exclusivas. A princípio, os plebeus não possuíam direitos políticos nem civis". In http://pt.wikipedia.org/wiki/Plebe.

[19] PLUTARCO. Sólon. *Vidas paralelas*. São Paulo: Paumape, 1991, v. 1, p. 185.

[20] MELO FILHO, Murilo. *Testemunho político*. 2ª ed. revista e ampliada, São Paulo: Elevação, 1999, p. 103.

[21] "Blaise Pascal (Clermont-Ferrand, Puy-de-Dôme, 19 de junho de 1623 – Paris, 19 de agosto de 1662) – Extraordinário filósofo, físico e matemático francês de curta existência que, como filósofo e místico, criou uma das afirmações mais pronunciadas pela humanidade nos séculos posteriores: "O coração tem razões que a própria razão desconhece", síntese de sua doutrina filosófica: o raciocínio lógico e a emoção. Filho de um professor de matemática, Etienne Pascal, foi educado sobre forte influência religiosa e tornou-se extremamente ascetista, escrevendo várias obras religiosas. Seu talento precoce para as ciências físicas levou a família para Paris, onde ele se dedicou ao estudo da matemática. Foi um prodígio infantil e, quando adulto, tornou-se um dos maiores matemáticos da história, tendo seu QI estimado em cerca de 235..." In http://pt.wikipedia.org/wiki/Blaise_Pascal.

no Leão marca-nos a origem de um crime. Divertida justiça que um rio limita! Verdade aquém dos Pirineus,[22] erro além".[23]

Já fizemos enorme progresso no que diz respeito à humanização de nossas leis, a ponto de termos regras admiráveis aprovadas pela própria Assembléia Geral das Nações Unidas, como estas:

> "Artigo I. Todos os homens nascem livres e iguais em dignidade e direitos...
>
> Artigo III. Todo homem tem direito à vida, à liberdade e à segurança pessoal.
>
> Artigo IV. Ninguém será mantido em escravidão ou servidão; a escravidão e o tráfico de escravos serão proibidos em todas as suas formas.
>
> Artigo V. Ninguém será submetido à tortura, nem a tratamento ou castigo cruel, desumano ou degradante.
>
> Artigo XVI. 1. Os homens e mulheres de maior idade, sem qualquer restrição de raça, nacionalidade ou religião, têm o direito de contrair matrimônio e fundar uma família. Gozam de iguais direitos em relação ao casamento, sua duração e sua dissolução.
>
> Artigo XX. 1. Todo homem tem direito à liberdade de reunião e associação pacíficas.
>
> Artigo XXV. 2. A maternidade e a infância têm direito a cuidados e assistência especiais. Todas as crianças, nascidas dentro ou fora do matrimônio, gozarão da mesma proteção social.
>
> Artigo XXIX. 2. No exercício de seus direitos e liberdades, todo homem estará sujeito apenas a limitações determinadas pela lei, exclusivamente com o fim de assegurar o devido reco-

---

[22] "Os Pireneus (*Pirenéus* na grafia de Portugal, mas *Pirineus* na do Brasil, em espanhol *Pirineos*, em francês *Pyrénées*, e em catalão *Pirineus*) são uma cordilheira no sudoeste da Europa que forma uma fronteira natural entre a França e a Espanha. Separam a Península Ibérica da França e estendem-se por aproximadamente 430 km do Golfo de Biscaia, no oceano Atlântico, ao Cabo de Creus, no mar Mediterrâneo." In http://pt.wikipedia.org/wiki/Pirineus.

[23] Pascal. *Pensamentos*. Rio de Janeiro: Ediouro, 19[--], p. 113.

nhecimento e respeito dos direitos e liberdades de outrem e de satisfazer às justas exigências da moral, da ordem pública e do bem-estar de uma sociedade democrática".[24]

Apesar disso, ainda é evidente que o direito positivo e a justiça nem sempre coincidem. Apenas dois exemplos para ilustrar essa afirmação:

– existem diversos grupos étnicos que praticam e países que toleram a prática da mutilação genital feminina ("MGF", uma espécie de circuncisão feminina) ou não a combatem com a determinação necessária a sua erradicação;[25]

– existem países ou estados que tentam coibir o conhecimento de certas correntes filosóficas, científicas ou religiosas.[26]

Não será assim eternamente: chegará o dia em que o direito positivo será a exata medida da justiça; em que o direito positivo de todos os povos será semelhante e *justo*.

Vejamos.

Dentre as muitas correntes do pensamento jurídico, quanto aos fundamentos e às finalidades do direito, merecem menção as de tendências *positivistas* e as *idealistas*.

---

[24] Da "Declaração Universal dos Direitos do Homem", aprovada em Resolução da III Sessão Ordinária da Assembléia Geral das Nações Unidas, em 10-12-1948.

[25] A Associação Médica Mundial concluiu, em outubro de 1993, em sua 45ª Assembléia Geral realizada em Budapeste, Hungria, que mais de 80 milhões de mulheres e meninas no mundo haviam sido afetadas pela mutilação genital feminina, praticada por muitos grupos étnicos em mais de 30 países (vide http://www.cpihts.com/MGF2_parte.htm). Demonstrando o progresso feito por grande parte da humanidade, existe um movimento extraordinário para banir essa prática absurda da face da Terra.

[26] Por exemplo, alguns Estados-membros dos Estados Unidos da América estão enfrentando dificuldades quanto ao ensino da teoria da evolução das espécies, de Charles Darwin. A respeito: http://cientic.com/tema_evoluc_jorn6.html. Vide o interessantíssimo caso do julgamento de John Scopes, um professor de biologia do Tennessee que foi processado em 1925 por ensinar a teoria da evolução (*State v. John Scopes – "The Monkey Trial"*. In http://www.law.umkc.edu/faculty/projects/FTrials/scopes/scopes.htm).

As positivistas consistem em "reconhecer valor unicamente às regras de direito positivo e em reduzir todo o direito às regras vigentes em dada época e em dado Estado, sem se preocupar em saber se é justo ou não".[27]

As idealistas, entretanto, correspondem às doutrinas do *direito natural* e

> "à afirmação de que existe um ideal de justiça superior ao direito positivo que se impõe ao poder e ao próprio legislador. As diversas tendências 'jusnaturalistas' têm em comum certas idéias essenciais: a afirmação de que o direito natural procede da natureza, a existência de princípios não-escritos superiores ao direito positivo e que se lhe impõe, a primazia da busca da justiça sobre o respeito à legalidade, a permanência de certos valores que prevalecem sobre aqueles consagrados pelos homens do Estado".[28]

Cremos na existência de Deus; cremos que Deus, sendo Deus, reúne todas as virtudes em grau absoluto; sendo a justiça uma das virtudes e tendo Deus estabelecido leis para todo o universo, terá também estabelecido o *direito natural*, que corresponde a sua justiça absoluta.

Entretanto, esse *direito natural* não é compreendido ou apreendido pelos homens durante as eras que até hoje se sucedem em razão de sua imperfeição.

A compreensão perfeita desse *direito natural* só é possível aos seres perfeitos; mais perfeição, mais compreensão; imperfeição, compreensão relativa.

Somos dos que acreditam que Deus nos criou *a sua imagem e semelhança*, marcando cada criatura com a diretriz do aperfeiçoamento, semeando no *campo* de nosso coração as sementes de todas as virtudes. Afinal, foi o próprio Cristo quem exortou a toda a

---

[27] Bergel, Jean-Louis. *Teoria Geral do Direito*. São Paulo: Martins Fontes, 2001, p. 15.
[28] Id., Ibid., p. 10.

humanidade: "Sede logo perfeitos..." Somos, assim, "adaptados por natureza"[29] a desenvolver as virtudes.

Dentre as virtudes *semeadas* em cada coração, estão com certeza "a fome e a sede de justiça", pois a justiça é um dos atributos essenciais de Deus,[30] e o próprio Cristo recomendou que buscássemos, "em primeiro lugar, o Reino de Deus e sua justiça..."[31] Sem justiça, "todas as outras virtudes são sem preço",[32] pois ela "não é uma virtude como as outras. Ela é o horizonte de todas e a lei de sua coexistência. 'Virtude completa', dizia Aristóteles. Todo valor a supõe; toda humanidade a requer. Não é, porém, que ela faça as vezes da felicidade (por que milagre?); mas nenhuma felicidade a dispensa".[33]

Podemos concluir que quanto mais o homem evolui, mais consegue apreender as leis naturais de Deus – afirmação que vale também para a compreensão do direito natural e, por conseqüência, de sua justiça.

Afinal, a natureza "é apenas um nome para um efeito cuja causa é Deus".[34]

---

[29] ARISTÓTELES. *Ética a Nicômaco*. São Paulo: Abril Cultural, 1973, p. 267 (Os pensadores, 4).

[30] Remetemos o leitor à belíssima história do que se passou com Ciro, príncipe da Pérsia, Tigranes, príncipe da Armênia, sua esposa – também chamada Armênia – e o rei, pai de Tigranes, o qual contém exemplos de amor, de aspiração à liberdade e de espírito de justiça (in XENOFONTE. *Ciropédia*. Rio de Janeiro: Tecnoprint, 19[--], p. 85-92).

[31] Mateus 6,33. *Bíblia de Jerusalém*. São Paulo: Edições Paulinas, 1973, p. 1291.

[32] "Sem justiça, tenho para mim que todas as outras virtudes são sem preço", palavras de Tigranes, príncipe da Armênia, em resposta a uma pergunta de Ciro, que julgava seu próprio pai, indiscutivelmente culpado de traição e passível de condenação à morte. In XENOFONTE. *Ciropédia*. Rio de Janeiro: Tecnoprint, 19[--], p. 85-92.

[33] COMTE-SPONVILLE, André. *Pequeno tratado das grandes virtudes*. São Paulo: Martins Fontes, 2002, p. 70.

[34] Segundo William Cowper, "Nature is but a name for an effect, whose cause is God..." In http://www.literacy.com/php/works.php?rec=true&UID=7888.

A lei da gravitação universal sempre existiu desde que o Universo foi criado; o homem, entretanto, só recentemente a compreendeu.[35]

É possível imaginar que o *direito divino*, ou natural, seja um grande e inesgotável rio do qual cada criatura consegue retirar maiores porções segundo o tamanho de sua *vasilha*. Aqui, é bom repetir Rabindranath Tagore:[36] "Ainda que um copo d'água baste ao sedento, o rio se oferece todo: por isso canta!"

Uma vez que "o direito em si é então, provavelmente, ao mesmo tempo, o produto dos fatos e da vontade do homem, um fenôneno material e um conjunto de valores morais e sociais, um ideal e uma realidade, um fenômeno histórico e uma ordem normativa, um con-

---

[35] Essa lei foi descoberta por Isaac Newton: "A lei da gravitação universal diz que dois objetos quaisquer se atraem gravitacionalmente através de uma força que depende das massas desses objetos e da distância que há entre eles... Conta a história popular que Newton teve essa idéia quando viu uma maçã cair de uma árvore; entretanto, a veracidade desse fato nunca foi confirmada; sabe-se, entretanto, que, no ano de 1665, Newton escreveu pela primeira vez a respeito: 'Durante esse ano, comecei a estender a idéia de gravidade à órbita da Lua e fiz uma comparação entre a força que era necessária para manter esse astro em sua órbita e as forças de gravidade que agiam na superfície da Terra'. Os resultados observados por Newton basearam-se também nas observações de Copérnico, Galileu, Ticho Brahe e Johannes Kepler, que baseou suas leis nas observações de Brahe". In http://pt.wikipedia.org.

[36] "Rabíndranáth Thákhur..., ocidentalizado Tagore (6 de maio de 1861 em Calcutá, Índia – 7 de agosto de 1941 em Calcutá), foi escritor, poeta e músico indiano. O primeiro asiático a receber o Prêmio Nobel da Literatura em 1913. Nasceu em Calcutá, na Índia, e estudou Direito na Inglaterra de 1878 a 1880. Retornando ao país em 1890 para administrar propriedades agrícolas da família, dedica-se ao desenvolvimento da agricultura e a projetos de saúde e educacionais. Com formação filosófica, chega a criar uma escola em 1901, dedicada ao ensino das culturas e filosofias ocidentais e orientais. Sua obra poética compreende uma coleção de três mil poemas em língua bengali sobre temas religiosos, políticos e sociais. A obra em prosa, orientada por preocupações humanistas, é extensa. Inclui oito novelas, 50 ensaios e contos. Como músico, compõe duas mil canções. O volume de poesias mais conhecido é Oferenda Poética (1913-1915). Seus últimos trabalhos, entre eles, Cantos Musicais (1910), são classificados dentro do simbolismo. Renuncia, em 1919, ao título de Sir em protesto contra a política britânica em relação ao Punjab." In http://pt.wikipedia.org/wiki/Rabindranath_Tagore.

junto de atos de vontade e de atos de autoridade, de liberdade e de coerção...",[37] o aperfeiçoamento humano vai refletindo-se em seu direito positivo; as regras são transformadas, a princípio, de forma instintiva; ganhando requintes e intencionalidade, abrandando-se costumes e depurando-se sentimentos, de modo que a diretriz evolutiva imposta por Deus impele o homem a padrões cada vez mais elevados e cada vez em mais harmonia com o *direito natural*. Afinal, "... o fenômeno jurídico é essencialmente relativo: sua concepção e manifestações variam no tempo e no espaço..."[38]

[37] BERGEL, Jean-Louis. *Teoria Geral do Direito*. São Paulo: Martins Fontes, 2001, p. 6.
[38] Id., Ibid., p. 1.

VIII

O QUE É JUSTIÇA?

"Para encontrar a justiça, é necessário ser-lhe fiel. Ela, como todas as divindades, só se manifesta a quem nela crê."
Calamandrei

Os gregos lhe atribuíam tanta importância que a consideravam uma deusa alegórica que ficava perto do mais importante dos deuses:

> "A Justiça está no céu perto do trono de Júpiter. Nas artes, é representada com o aspecto de Têmis ou Astréia.
>
> Era pintada com os traços de uma virgem de olhar severo, mas não feroz; seu rosto tinha uma expressão de tristeza e dignidade ao mesmo tempo".[1]

Um dia, o direito positivo será a exata medida da justiça mais pura.

Por enquanto, se o direito pode não ser justo; se direito e justiça necessariamente não se equivalem em dado instante, como se define a justiça? Ela pode hoje ser definida em termos absolutos?

Muitos têm tentado defini-la; existe uma "pluralidade de acepções da idéia de justiça"[2] e o vocábulo tem sido empregado em vários contextos; diversas são as menções a suas características,[3] como se vê, por exemplo, da lição de Paulo Dourado de Gusmão:

> "A idéia de justiça que nós, ocidentais, temos é herdada, em grande parte, de Platão,[4] Aristóteles[5] e dos juristas romanos. Os

---

[1] COMMELIN, P. *Mitologia grega e romana.* 2ª ed., São Paulo: Martins Fontes, 1997, p. 368-369.

[2] BARBAS HOMEM, António Pedro. *O justo e o injusto.* Lisboa: Associação Acadêmica da Faculdade de Direito, 2001, p. 13.

[3] Vide a respeito: MAFFETTONE, Sebastiano, VECA, Salvatore (orgs.). *A idéia de justiça de Platão a Rawls.* São Paulo: Martins Fontes, 2005.

[4] "Platão de Atenas, 428/427 a.C. – 347 a.C., filósofo grego. Discípulo de Sócrates, fundador da Academia e mestre de Aristóteles. Seu nome verdadeiro era Aristócles; Platão era um apelido que, provavelmente, fazia referência a sua característica física, tal como o porte atlético ou os ombros largos, ou ainda a sua ampla capacidade intelectual de tratar de diferentes temas. πλατος *(plátos)*, em grego, significa amplitude, dimensão, largura. Sua filosofia é de grande importância e influência. Platão ocupou-se com vários temas, entre eles: ética, política, metafísica e teoria do conhecimento." In http://pt.wikipedia.org/wiki/Plat%C3%A3o.

[5] "Aristóteles de Estagira, 384 a.C. – 322 a.C., filósofo grego, um dos maiores pensadores de todos os tempos. Suas reflexões filosóficas – por um lado originais e por outro reformuladoras da tradição grega – acabaram por configurar um modo de pensar que se estenderia por séculos. Prestou inigualáveis contribuições para o pensamento humano, destacando-se: ética, política, física, metafísica, lógica, psicologia, poesia, retórica, zoologia, biologia, história natural e outras áreas de conhecimento. É considerado por muitos o filósofo que mais influenciou o pensamento ocidental." In http://pt.wikipedia.org/wiki/Arist%C3%B3teles.

dois primeiros deram dela o sentido ético e formal, enquanto os romanos o sentido jurídico e material. A justiça – pensa Platão – é virtude suprema, harmonizadora das demais virtudes. A *harmonia*, segundo o grande filósofo grego, é sua nota fundamental, que, para ser alcançada, exige *equilíbrio* entre ação e reação ou entre pretensão e obrigação. Como *equilíbrio* e *proporção* a definiu Aristóteles. É clássica a distinção que formulou entre *justiça distributiva* e *justiça corretiva* (*sinalagmática* ou *comutativa*) em função do critério de *proporção* e de *igualdade*. A primeira, pelo critério de proporção, distribui os bens correspondentes ao mérito e às necessidades de cada um, enquanto a justiça corretiva ou sinalagmática, com base no princípio de igualdade, é aplicável às trocas entre as pessoas. A distributiva depende do Estado, que pode distribuir bens e honras, levando em conta o mérito de cada um. Já a sinalagmática preside as relações entre os homens, equilibrando-as de modo que cada um receba o que merece, o que lhe é devido. Esta última subdivide-se em comutativa, em sentido estrito, e judicial. A primeira preside as relações de troca, isto é, as relações contratuais, enquanto a judicial (juiz ou árbitro), quando observada, a sanção aplicada ao réu é adequada e proporcional ao delito por ele praticado.

Em síntese, de Aristóteles acolhemos duas notas formais características da justiça: *igualdade* e *proporcionalidade*.

Vieram depois os romanos, que, com seu espírito prático, não cogitaram dos aspectos formais da justiça, mas de seus princípios,

[6] "Realizada a compilação das *leges* (constituições imperiais), era necessário resolver um problema com relação aos *iura* (direito contido nas obras dos jurisconsultos clássicos), que não tinham sido ainda compilados. Havia entre os jurisconsultos antigos uma série de controvérsias a solucionar. Para isso, Justiniano expediu 50 constituições (as *Quinquaginata Decisiones*). É provável que durante a elaboração delas surgisse a idéia da compilação dos *iura*. Nos fins de 530, Justiniano encarrega Triboniano de organizar comissão destinada a compilar os *iura*. Para o término desse projeto grandioso, previu Justiniano prazo mínimo de dez anos. No entanto, sob a presidência de Triboniano, a comissão de 16 membros (professores de direito e advogados), depois de compulsar quase dois mil livros (com três milhões de linhas), extratando 39 jurisconsultos, bem como adicionando e interpolando *(emblemata Triboniani)*, concluiu o trabalho em apenas três anos. Era o Código de doutrinas seletas, *Codex enucleati iuris*, oficialmente denominado *Digesto (Digesta)* ou *Pandectas (Pandectae)*, composto de 50 livros." In http://pt.wikipedia.org/wiki/Digesto.

> de seu conteúdo. É no *Digesto*[6] que vamos encontrar a definição romana da justiça: *Justitia est constans et perpetua voluntas jus suum cuique tribuendi* (justiça é a constante e perpétua vontade de dar a cada um o que é seu). 'Dar a cada um o que é seu', eis a regra fundamental da justiça dos romanos, completada com outra, *alterum non laedere* (não causar dano injusto a outrem ou 'a ninguém ofender'). Eis os preceitos do direito romano que serviram de fonte e de manancial inesgotável para as legislações da Civilização Européia...
>
> Finalmente, a justiça deve ser entendida como a exigência de dar a cada um o que é seu e de não causar dano injusto a outrem considerado como nosso semelhante, e não como meio de satisfação de nossos interesses. Exerce três funções em relação ao direito: 1) meta do direito; 2) critério capaz de julgá-lo e de aperfeiçoá-lo; 3) fundamento do direito histórico. Torna-o problemático e revela (quantas vezes) sua imperfeição, injustiça e desumanidade. A justiça, escreveu *Alain*, é a dúvida sobre o direito que salva o direito".[7]

Santo Antônio de Lisboa (mais conhecido como Santo Antônio de Pádua), por sua vez, enunciava o conteúdo da justiça: "As partes da Justiça são temer a Deus, venerar a religião, a piedade, a humanidade, o amor do eqüitativo e do bom, o ódio do mal, o empenho de prestar um favor. O mundo não possui esta Justiça, porque não teme a Deus, desonra a religião, odeia o bem, é ingrato para Deus".[8]

Como se vê dos conceitos e enunciados de conteúdo, a reflexão de Hans Kelsen[9] é irrefutável:

---

[7] GUSMÃO, Paulo Dourado de. *Introdução ao Estudo do Direito*. 34ª ed. revista e com adições, Rio de Janeiro: Forense, 2004, p. 73-74.

[8] BARBAS HOMEM, António Pedro. *O justo e o injusto*. Lisboa: Associação Acadêmica da Faculdade de Direito, 2001, p. 21.

[9] "Hans Kelsen (1881-1973), jurista austro-húngaro, nascido em Praga, capital da atual República Tcheca, integrante, à época de seu nascimento, do Império Austro-Húngaro, extinto após a Primeira Guerra Mundial. Foi um dos produtores literários mais profícuos de seu tempo, tendo publicado cerca de quatrocentos livros e artigos, destacando-se a *Teoria Pura do Direito* (São Paulo: Martins Fontes Editora, 2001), pela difusão e influência alcançada. É considerado o principal representante da chamada Escola Positivista do Direito." In http://pt.wikipedia.org/wiki/Hans_Kelsen.

"Quando Jesus de Nazaré, no julgamento perante o pretor romano, admitiu ser rei, disse ele: 'Nasci e vim a este mundo para dar testemunho da verdade'. Ao que Pilatos perguntou: 'O que é a verdade?' Cético, o romano obviamente não esperava resposta a essa pergunta, e o Santo também não a deu. Dar testemunho da verdade não era o essencial em sua missão como rei messiânico. Ele nascera para dar testemunho da justiça, aquela justiça que Ele desejava concretizar no reino de Deus. E, por essa justiça, morreu na cruz.

Dessa forma, emerge da pergunta de Pilatos – o que é a verdade? –, através do sangue do crucificado, uma outra questão, bem mais veemente, a eterna questão da humanidade: o que é a justiça?

Nenhuma outra questão foi tão passionalmente discutida; por nenhuma outra foram derramadas tantas lágrimas amargas, tanto sangue precioso; sobre nenhuma outra, ainda, as mentes mais ilustres – de Platão a Kant[10] – meditaram tão profundamente. E, no entanto, ela continua até hoje sem res-

---

[10] "Immanuel Kant (Königsberg, Prússia, 22 de abril de 1724 – Königsberg, 12 de fevereiro de 1804) foi um filósofo prussiano, geralmente considerado como o último grande filósofo dos princípios da era moderna, um representante do Iluminismo, indiscutivelmente um de seus pensadores mais influentes. Kant teve um grande impacto no Romantismo alemão e nas filosofias idealistas do século XIX, tendo esta sua faceta idealista sido um ponto de partida para Hegel. Aparte essa vertente idealista que iria desembocar na filosofia de Hegel (e Marx), alguns autores consideram que Kant fez no nível da epistemologia uma síntese entre o Racionalismo continental (de René Descartes e Gottfried Leibniz, em que impera a forma de raciocínio dedutivo), e a tradição empírica inglesa (de David Hume, John Locke, ou George Berkeley, que valoriza a indução). Kant é famoso, sobretudo, por sua concepção conhecida como idealismo transcendental – todos nós trazemos formas e conceitos inatos para a experiência crua do mundo, os quais seriam de outra forma impossíveis de determinar. A filosofia da natureza e da natureza humana de Kant é historicamente uma das mais determinantes fontes do relativismo conceptual que dominou a vida intelectual do século XX. No entanto, é muito provável que Kant rejeitasse o relativismo em suas formas contemporâneas, como, por exemplo, o Pós-modernismo. Kant é também conhecido por sua filosofia moral, por sua proposta, a primeira moderna, de uma teoria da formação do sistema solar, conhecida como a hipótese Kant-Laplace." In http://pt.wikipedia.org/wiki/Kant.

posta. Talvez por se tratar de uma dessas questões para as quais vale o resignado saber de que o homem nunca encontrará uma resposta definitiva; deverá apenas tentar perguntar melhor".[11]

Não temos, hoje, como responder a essa questão, uma vez que a apreensão do direito natural e a compreensão da justiça não envolve apenas a razão, mas também o desenvolvimento do *coração*, que "é o órgão da fé, o órgão da esperança, o órgão do ideal. Vê, por isso, com os olhos d'alma, o que não vêem os do corpo. Vê ao longe, vê em ausência, vê no invisível, e até no infinito vê. Onde pára o cérebro de ver, outorgou-lhe o Senhor que ainda veja; e não se sabe até onde. Até onde chegam as vibrações do sentimento, até onde se perdem os surtos da poesia, até onde se somem os vôos da crença..."[12]

Como dizia William Hazlitt,[13] se a base do conhecimento está na *cabeça*, a da sabedoria está no *coração*.

Assim, o direito pode ser visto com os *olhos*; mas a justiça, só com o coração, pois "é muito simples: só se vê bem com o coração. O essencial é invisível aos olhos".[14]

Portanto, diremos que o conceito de justiça é uma noção aberta que somente atingirá foros de estabilidade à medida que o homem se aproximar da perfeição.

---

[11] KELSEN, Hans. *O que é justiça?* São Paulo: Martins Fontes, 1997, p. 1.

[12] Portanto, é natural que se veja melhor com o coração, vendo-se "até Deus mesmo, inviso como os panoramas íntimos do coração, mas presente ao céu e à terra, a todos nós presente, enquanto nos palpite, incorrupto, no seio, o músculo da vida e da nobreza e da bondade humana... Para o coração... não tem passado, nem futuro, nem ausência. Ausência, pretérito e provir, tudo lhe é atualidade, tudo presença. Mas presença animada e vivente, palpitante e criadora, neste regaço interior, onde os mortos renascem, prenascem os vindoiros, e os distanciados se ajuntam, ao influxo de um talismã, pelo qual, nesse mágico microcosmo de maravilhas, encerrado na breve arca de um peito humano, cabe, em evocações de cada instante, a humanidade toda e a mesma eternidade" (RUI BARBOSA. *Oração aos moços.* 17ª ed., Rio de Janeiro: Ediouro Publicações S.A., 2000, p. 39-41).

[13] "William Hazlitt (Mitre Lane, Maidstone; 10 de abril de 1778 – St. Anne's Churchyard, Soho, Londres, 18 de setembro de 1830) foi um escritor inglês, lembrado por seus ensaios humanistas." In http://pt.wikipedia.org/wiki/William_Hazlitt.

[14] Palavras da "raposa"... SAINT-EXUPÉRY, Antoine. *O pequeno príncipe.* 48ª ed., 5 reimp., Rio de Janeiro: AGIR, 2002, p. 72.

IX

POR QUE VALE A PENA CONHECER AMÓS

"Eu quero, isto sim, é ver brotar o direito como água e correr a justiça como riacho que não seca."

Amós[1]

[1] Amós 5,24. *Bíblia Sagrada*. Edição Pastoral, São Paulo: Edições Paulinas, 1973, p. 1185.

Existe um método que pode acelerar nossa compreensão a esse respeito: o estudo da vida e da obra dos que são modelos de virtudes oferecidos por Deus à humanidade.

Não resta dúvida de que nosso modelo inigualável é o do próprio Jesus que, embora não tenha definido em palavras a justiça – conforme reflete Kelsen –, deixou-nos, com sua vida, o mais perfeito e completo Código da verdadeira Justiça: os Evangelhos. Eis alguns extraordinários exemplos da superioridade da justiça de Jesus em seus ensinamentos:

> "... Eu vos asseguro que se vossa justiça não exceder a dos escribas e a dos fariseus, não entrareis no Reino dos Céus...
>
> Ouvistes que foi dito: Amarás teu próximo e odiarás teu inimigo. Eu, porém, vos digo: amai vossos inimigos e orai pelos que vos perseguem; deste modo vos tornareis filhos de vosso Pai que está nos céus, porque ele faz nascer seu sol igualmente sobre maus e bons e cair a chuva sobre justos e injustos. Com efeito, se amais aos que vos amam, que recompensa tendes? Não fazem também os publicanos a mesma coisa? E se saudais apenas vossos irmãos, que fazeis de mais? Não fazem também os gentios a mesma coisa? Portanto, deveis ser perfeitos como vosso Pai celeste é perfeito".[2]

Mas a vida e obra de outros trabalhadores fiéis de Jesus também merecem ser conhecidas e meditadas.

Como se sabe, Jesus não gosta de agir sozinho; para que possamos cooperar na edificação do novo Paraíso terrestre, ele sempre enviou à Terra, em todos os campos do conhecimento e de atividades, reformadores, condutores ou formadores de opiniões, embora nem sempre eles consigam fazer triunfar de imediato seus pontos de vista. Isso, entretanto, não importa: cada semente tem seu tempo e ciclo de desenvolvimento e produção.

---

[2] Mt 5,20.43-48. *Bíblia de Jerusalém*, São Paulo: Edições Paulinas, 1973, p. 1289.

Uma dessas pessoas é justamente Amós, considerado como o verdadeiro *cantor das reivindicações sociais de seu povo.*[3]

Vale a pena conhecê-lo por vários motivos.

Primeiro, porque Amós viveu fisicamente no que chamamos de *passado*. Ora, o *passado* não é uma unidade distinta e desvinculada do presente e do próprio futuro: é seu pressuposto e sua condição, de modo que "a vida é cheia de passagens emendadas" e "tudo o que já foi é o começo do que vai vir...".[4] Patrick Henry[5] afirmava com razão que "somente uma lâmpada guia meus passos; a luz da experiência. Não tenho outra maneira de julgar o futuro, a não ser pelo passado".[6] Acreditava Tucídides[7] que a compreensão do passado é um patrimônio sempre útil que possibilita "ter uma idéia clara tanto dos eventos ocorridos, quanto daqueles que algum dia voltarão a ocorrer em circunstâncias idênticas ou semelhantes em conseqüência de seu conteúdo humano",[8] de modo que o conhecimento que daí resulta é "como pepitas de ouro nas areias de um rio. O conhecimento do passado, o registro das verdades reveladas pela experiência, é sumamente prático como instrumento de ação e poder para construir o futuro",[9] pois o descortina e ilumina.[10]

---

[3] Nas palavras expressivas de Mary de Camargo Neves Lafer, na introdução da obra de Hesíodo. *Os trabalhos e os dias.* 3ª ed., São Paulo: Iluminuras, 1996, p. 16.

[4] Palavras de Riobaldo. Guimarães Rosa, João. *Grande sertão: veredas.* 19ª ed., Rio de Janeiro: Nova Fronteira, 1985, p. 204 e 291, respectivamente.

[5] Orador, líder, patriota e revolucionário norte-americano (1736-1799).

[6] Trecho extraído de discurso pronunciado em 23-3-1775, perante a *Convenção da Virgínia para o Congresso Continental*, em que defendeu o recurso às armas para obtenção da liberdade americana (Henry, Patrick. *Discursos históricos.* Organização de Carlos Figueiredo. Belo Horizonte: Editora Leitura, 2002, p. 185).

[7] "Tucídides (entre 460 a.C. e 455 a.C. cerca de 400 a.C.) foi um antigo historiador grego, autor de *História da guerra do Peloponeso,* em que ele conta a guerra entre Esparta e Atenas ocorrida no século V a.C. Esta obra é vista no mundo inteiro como um clássico, e representa a primeira obra de seu estilo." In http://pt.wikipedia.org/wiki/Tuc%C3%ADdides.

[8] Tucídides. *História da guerra do Peloponeso.* Brasília: UnB, 1982, p. 28.

[9] Dalberg-Acton, John Emerich Edward. "Ensayos sobre la libertad, el poder y la religión", in: *Lección inaugural sobre el estudio de la história*, conferência pronunciada em Cambridge, em 11 de junho de 1895. Madrid: Centro de Estudios Políticos y Constitucionales, 1999, p. 3.

[10] Vide Richelieu. *Testamento político.* São Paulo: Edipro, 1996, p. 31.

Sendo a História o "espelho vivo do progresso humano", como dizia Joaquim Nabuco, todo estudo do passado é de extrema importância. Afinal, como dizia Henry Bataille,[11] "o passado é um segundo coração que bate em nós".

Segundo, porque Amós tem muito a nos ensinar justamente no campo da justiça; estamos numa época em que a reivindicação por justiça atingiu níveis intensos e de todos os lados se ouvem os lamentos e as imprecações dos excluídos. Amós é chamado de profeta da justiça social e sua mensagem é um grito contra as injustiças sociais praticadas pela monarquia. A razão de ser de sua denúncia é o direito e a justiça. Ele assume a causa de seu povo que sofre e clama pela dignidade.

Terceiro, porque o estudo de Amós pode tornar mais útil nossa vida, pois "as vidas dos homens notáveis nos lembram que podemos tornar grandiosas nossas vidas..."[12]

Will Durant[13] dá-nos esta preciosa lição a respeito dos homens notáveis:

> "Contemplar esses homens, insinuar-nos através do estudo de qualquer discipulado que lhes seja modesto, observá-los em seu trabalho e nos aquecer na chama que os consome, isto é, recuperar algo da emoção que a juventude nos dava, quando pensávamos, no altar ou em confissão, que estávamos tocando ou ouvindo Deus. Naquela juventude sonhadora, acreditávamos que a vida era má e apenas a morte podia garantir-nos a passagem pela porta do paraíso. Estávamos errados; mesmo agora, enquanto vivemos, podemos abrir essa porta. Todo grande livro, toda obra de arte reveladora, todo registro de uma vida devotada é um convite e um abre-te sésamo para os Campos Elíseos![14] Nós extinguimos muito cedo a chama de nossa esperança e reverência.

---

[11] Autor dramático francês nascido em Nimes aos 4-4-1872 e falecido em Rueil-Malmaison em 2-3-1922.

[12] LONGFELLOW, Henry Wadsworth. "Muitos mestres", in *Um salmo de vida*. 7ª estrofe. Transcrito por DYER, Wayne W. Rio de Janeiro: Record: Nova Era, 2003, p. 171.

[13] Um de nossos maiores historiadores e ganhador do Prêmio Pullitzer.

[14] "Na mitologia grega, os campos elísios, ou simplesmente Elísio, são os lugares onde Hades, os heróis e as pessoas de virtude repousavam após a morte". In http://pt.wikipedia.org/wiki/Campos_El%C3%ADsios.

Mudemos os ícones e acendamos as velas novamente".[15]

Apesar de ter vivido por volta do século VIII a.C., Amós continua vivo, eis que, como dizia Guimarães Rosa,[16] as pessoas "não morrem, ficam encantadas"...

Homero[17] dizia que os sonhos nos vêm de Deus. Uma vez que "somos feitos da mesma matéria de que são feitos os sonhos",[18] no encantamento que Amós nos pode trazer, sonhemos um pouco do sonho eterno de justiça. Estaremos, assim, aquecendo-nos nas chamas das *velas* da esperança de um mundo muito melhor.

Um poeta disse que todo sonho é como *bolha dourada de sabão.* Não passará mesmo disso, caso não se transforme em realidade.

---

[15] DURANT, Will. *As idéias e mentes mais brilhantes de todos os tempos.* Tradução de Cordélia Magalhães; organização de John Little. São Paulo: Arx, 2004, p. 18.

[16] "João Guimarães Rosa (Cordisburgo, MG, 27 de junho de 1908 – Rio de Janeiro, RJ, 19 de novembro de 1967), médico, escritor modernista e diplomata brasileiro. Autor de contos e livros marcados pela presença do sertão como palco das ações. Sua obra ficou marcada pela linguagem inovadora, utilizando elementos de linguagem popular e regional, com fortes traços de narrativa falada. Tudo isso, unindo a sua erudição, permitiu a criação de inúmeros vocábulos a partir de arcaísmos e palavras populares, invenções semânticas e sintáticas." In http://pt.wikipedia.org/wiki/Guimar%C3%A3es_Rosa.

[17] "Homero foi o primeiro grande poeta grego que teria vivido há cerca de 3.500 anos, consagrou o gênero épico com suas grandiosas obras: A *Ilíada* e a *Odisséia.* Nada se sabe seguramente de sua existência; mas a crítica moderna inclina-se a crer que ele terá vivido no século VIII a.C., embora sem poder indicar onde nasceu nem confirmar sua pobreza, cegueira e afã de viajante, caracteres que tradicionalmente lhe têm sido atribuídos. A opinião predominante ao longo dos séculos afirma a unidade das duas obras épicas, embora admita que talvez tenham sido elaboradas através de um fundo original primitivo. No século XVIII foi levantada pela primeira vez pelos eruditos a questão homérica, contrapondo à opinião tradicional a negação da existência de Homero e a afirmação de que as duas epopéias não passam de conglomerados de composições anteriores. A questão ainda não se pode considerar totalmente resolvida." In http://pt.wikipedia.org/wiki/Homero.

[18] SHAKESPEARE, William. *The Tempest* (London: Oxford University Press, 1914), ed. by William James Craig (HTML at Bartleby). Act 4, Scene 1, 168-172. Disponível em inglês em http://www.bartleby.com/70/1141.html.

É possível transformar *bolhas douradas de sabão* em realidade, pois foi exatamente isso que o Padre Bartolomeu de Gusmão[19] fez:

> "Consta que, ao observar uma pequena bolha de sabão pairando no ar, se inspirou para a concepção de um balão, pois esta, ao passar sobre uma vela, foi fortemente impelida para as alturas como se alguém a tivesse empurrado. Tinha em mãos a chave do fenômeno e a explicação que tanto procurava: a leveza do ar quente em relação ao ar frio constituía uma força de ascensão irresistível, capaz de erguer um objeto relativamente leve. Desta forma ficou Gusmão sabendo que o ar ambiente, quando aquecido, perdia densidade e tornava-se mais leve e, em conseqüência, passava para camadas superiores da atmosfera...

[19] "A capacidade inventiva e a imaginação do padre jesuíta Bartolomeu Lourenço de Gusmão contribuíram para o religioso brasileiro tornar-se famoso, sobretudo por seus vários inventos que o incluem entre os pioneiros da aviação. Filho do cirurgião-mor Francisco Lourenço e de Maria Álvares, Bartolomeu Lourenço de Gusmão nasceu em Santos, SP, em dezembro de 1685. Viveu apenas 39 anos. Cursou com o irmão, Alexandre de Gusmão, o seminário jesuíta de Belém da Cachoeira, na Bahia, onde se tornou noviço. O irmão Alexandre chegou a ocupar o cargo de secretário do rei D. João V e tornou-se conhecido como o negociador que consolidou as fronteiras brasileiras expandidas para oeste pelos bandeirantes. Aos 15 anos foi para Portugal, onde se formou em direito religioso, em Coimbra. Ordenou-se sacerdote da Companhia de Jesus. Ordenado, mudou-se para Lisboa em 1701, onde realizou estudos de matemática e física mecânica. Destacou-se como pregador religioso e recebeu do rei Dom João V o cargo de capelão da Casa Real. Dedicou-se, a partir de então, a seus inventos. In http://pt.wikipedia.org/wiki/Bartolomeu_de_Gusm%C3%A3o.

> Bartolomeu Lourenço de Gusmão foi o primeiro, em toda a história da aeronáutica, a construir um balão que subiu livremente na atmosfera..."[20]

Portanto, sonhemos e transformemos os sonhos bons em realidade, colocando *a lâmpada no candelabro e não sob o alqueire*; sonhemos e transformemos os sonhos bons em realidade, dando cada vez *mais força ao sal* para que se possa salgar e nada fique insosso;[21] sonhemos e transformemos os sonhos bons em realidade, multiplicando os *talentos* que Deus nos confia.

Afinal, foi o próprio Cristo quem disse que nós somos a *luz do mundo* e o *sal da terra*, de modo que devemos fazer por merecer suas palavras um dia: "... servo bom e fiel... Vem alegrar-te com teu senhor".[22]

---

[20] "Alguns autores revelam que, em 5 de agosto de 1709, o Padre jesuíta Gusmão realizou, perante a corte portuguesa, no pátio da Casa da Índia, em Lisboa, a primeira demonstração da Passarola, uma espécie de balão que havia concebido e construído. O balão pegou fogo sem sair do solo, mas, numa segunda demonstração, elevou-se a quatro metros de altura. Tratava-se de um pequeno balão de papel pardo grosso, cheio de ar quente, produzido pelo 'fogo material contido numa tigela de barro incrustada na base de um tabuleiro de madeira encerada'. Segundo Salvador Antônio Ferreira, com receio que pegasse fogo aos cortinados, dois criados destruíram o balão, mas a experiência tinha sido coroada de êxito e impressionado vivamente a Coroa. O fato é confirmado em depoimento do então cardeal de Lisboa (futuro Papa Inocêncio XIII), que se referiu ao risco de incêndio... Na terceira tentativa, a Passarola, movida a ar quente, teria voado diante do rei e da rainha, na Casa da Índia, e descido no terreiro do Paço, em 8 de agosto de 1709. A partir de então, famoso, o religioso brasileiro passou a ser chamado de 'padre voador'." In http://pt.wikipedia.org/wiki/Bartolomeu_de_Gusm%C3%A3o. Ainda que não haja evidências de que tenha se tratado de um vôo tripulado, foi um feito extraordinário para a época e pelos horizontes que descortinou à humanidade.

[21] Cf. Mt 5,13-16.

[22] Cf. Mt 25,14-30.

Combinemos assim, querido irmão e querida irmã: *cooperemos com Deus;* um *planta* e o outro *rega*. Jesus nos dará o crescimento.[23]

[23] "... Quando alguém declara: 'Eu sou de Paulo', e outro diz: 'Eu sou de Apolo', não procedeis de maneira meramente humana? Quem é, portanto, Apolo? Quem é Paulo? Servidores, pelos quais fostes levados à fé; cada um deles agiu segundo os dons que o Senhor lhe concedeu. Eu plantei; Apolo regou; mas era Deus quem fazia crescer. Assim, pois, aquele que planta, nada é; aquele que rega, nada é; mas importa tão-somente Deus, que dá o crescimento. Aquele que planta e aquele que rega são iguais entre si; mas cada um receberá seu próprio salário, segundo a medida de seu trabalho. Nós somos cooperadores de Deus, e vós sois a seara de Deus, o edifício de Deus" (1Cor 3,4-9. *Bíblia de Jerusalém*, São Paulo: Edições Paulinas, 1973, p. 1493).

Segunda parte

A JUSTIÇA E O DIREITO EM AMÓS

Francisco Albertin

I

A MONARQUIA EM ISRAEL

O povo unido de Israel vivia em um sistema tribal em Canaã. Olhando esta sociedade por volta de 1040 a.C., percebemos que o tão sonhado sistema tribal não era tão igualitário, nem a partilha solidária tão eficiente, além da partilha de bens materiais e ajuda mútua não funcionarem conforme a justiça. Muitos são os fatores que contribuíram para que Israel aderisse à monarquia.

1. Fatores que antecederam a monarquia

Dentre os vários fatores, podemos citar: corrupção dos juízes na questão do direito, o medo com relação aos Filisteus, abusos das funções sacerdotais e desigualdades sociais. Esses fatores são importantes citar, no sentido de desmistificar a visão ingênua de que a sociedade tribal era justa e igualitária. Evidentemente que eles serão citados de maneira objetiva, pois se trata de apenas uma introdução à monarquia para chegarmos ao governo de Jeroboão II.

1.1. Corrupção de alguns juízes na questão do direito

Um dos principais motivos para que uma sociedade funcione bem é a justiça. Ora, se alguns juízes são corruptos e levados pela ganância, fica evidente que o direito será distorcido. Aqui está a raiz de muitos outros fatores que prejudicaram o tão sonhado projeto tribal. Para se ter uma visão clara desse tema, vale notar que: "Quando já estava velho, Samuel estabeleceu os dois filhos seus como juízes em Israel. Seu primeiro filho se chamava Joel, e o segundo Abias. Os dois exerceram o cargo de juiz em Bersabéia. Eles, porém, não seguiram o exemplo do pai, deixando-se levar pela ganância: aceitaram suborno e distorceram o direito" (1Sm 8,1-3).

1.2. O medo com relação aos Filisteus

Sabemos, pela Bíblia e pela história, da ameaça que representavam os filisteus com relação ao povo de Israel. Eram lutadores treinados no manejo de armas de ferro, tinham um exército bem organizado e um rei que comandava tudo isso. Constituíam uma séria ameaça para os projetos e sonhos israelitas, enquanto nação e povo. Esta constante insegurança levou os israelitas a pensar num rei que os *defendesse* dessa ameaça. O medo foi um dos fatores que levou os israelitas a pensar num sistema monárquico de governo.

1.3. Abusos das funções sacerdotais

Em uma sociedade totalmente teocrática, evidentemente que os sacerdotes exercem um papel vital no sentido de serem os principais mentores de uma sociedade justa e igualitária, deveriam ser eles os primeiros a lutar pelo sonho de Javé na construção de uma sociedade solidária. Afinal, eram os sacerdotes do próprio Javé. Mas o que vemos é uma outra realidade bem diferente: "Os filhos de Eli eram desonestos e não se preocupavam nem com Javé, nem com as obrigações de sacerdotes para com o povo" (1Sm 2,12-13).

A desonestidade e a corrupção de alguns sacerdotes que só pensavam em seus interesses e bem-estar, esquecendo-se do povo e de seus direitos, fizeram com que o povo desanimasse em seus ideais religiosos de uma sociedade justa e de seguir os princípios de Javé.

1.4. Desigualdades sociais

Aquele projeto de igualdade social foi o que poderíamos chamar de *utopia*. Na verdade, os israelitas quiseram constituir uma sociedade totalmente diferente daquela que conheceram durante a escravidão no Egito. Na prática, não funcionou. Não havia a famosa partilha de bens. Manassés, Efraim, Benjamim e Judá prosperaram economicamente e tiveram uma influência maior do que as oito tribos. Ora, o que eles mais lutavam era por uma sociedade igualitária. Como isso não era realidade, preferiram optar por um rei, levando em conta também os outros fatores acima elencados. Isso levou Samuel a exortar os anciãos de Israel e o povo do perigo de se ter um rei:

> "Este é o direito do rei que governará vocês: ele convocará os filhos de vocês para cuidar dos carros e cavalos dele e para correr à frente de seu carro. Ele os nomeará chefes de mil chefes de cinqüenta. Ele os obrigará a arar a terra dele e a fazer a colheita para ele, a fabricar para ele armas de guerra e as peças de seus carros. As filhas de vocês serão convocadas para trabalhar como perfumistas, cozinheiras e padeiras. Ele tomará os campos, as vinhas e os melhores olivais de vocês, para dá-los aos ministros. Pegará a décima parte das plantações e vinhas de vocês, e as dará aos oficiais e ministros. Os melhores servos e servas, os bois e jumentos de vocês, ele os tomará para que fiquem a serviço dele, e cobrará, como tributo, a décima parte dos rebanhos. E vocês serão transformados em escravos dele. Quando isso acontecer, vocês se queixarão do rei que escolheram. Nesse dia, porém, Javé não dará nenhuma resposta a vocês" (1Sm 8,11-18).

Apesar de todas essas exortações do perigo de se ter um rei e de todos os seus *direitos*, o povo vai escolher esse sistema político como um *mal necessário*. Afinal, estava cercado por medos e inseguranças: ou o rei, ou eram escravizados pelos filisteus. Além do mais, não havia igualdade social, nem sacerdotes confiáveis, nem juízes justos. Será que poderia, com o novo sistema, ser pior ainda?

2. O Governo de Jeroboão II

Israel do Norte jamais viveu tanta prosperidade política, econômica e militar como na época em que Jeroboão II reinou (783-

743 a.C.). E não foi só isso, teve também conquistas militares importantes, a ponto de ser comparado com a época de Davi e Salomão. "Jeroboão restabeleceu as fronteiras de Israel, desde a entrada de Emat até o mar da Arabá" (2Rs 14,25). O reino do Norte quase que se equipara ao Reino Unido, do tempo de Davi e Salomão. "É época de grande prosperidade! O comércio e a indústria se desenvolveram aceleradamente. Aumenta a diferença social. Cresce uma elite urbana e rica às custas do empobrecimento de grande parte da população".[1]

Jeroboão II governou Israel do Norte com uma política centralizada e que beneficiava só a elite. Para justificar sua opressão e exploração, serviu-se da religião como instrumento precioso e fundamental. Na verdade, podemos afirmar que: "A religião servia para tranqüilizar a consciência da classe dominante, fomentando o sentimento de superioridade em relação a outros povos. A aliança com Deus tornou-se letra morta, celebrada no culto, mas sem qualquer influência na vida diária".[2] Foi utilizada como ideologia a serviço de uma política dominadora que defendia interesses de poucos.

Outro fator que merece destaque no governo de Jeroboão II é o exército. Este era vital para manter as conquistas militares. Sem ele, não tinha como o rei impor a seus súditos sua política excludente e defender seus próprios interesses. Se um grupo ou até mesmo um povo fosse contra sua decisão, imediatamente tinha o uso da força e a violência. Os camponeses eram obrigados a entregar seus produtos em um único lugar, ou seja, no santuário de Betel, que também era chamado *santuário do rei*. O Exército e a religião foram os sustentáculos do governo de Jeroboão II.

Jeroboão II também manipulou a questão do direito. Amós vai criticar duramente a justiça no portão e as decisões que só beneficiavam os ricos. Ora, uma vez que o rei tem nas mãos a religião e com

---

[1] NAKANOSE, Shigeyuki. *Uma história para contar... A páscoa de Josias*. São Paulo: Paulinas, 2000, p. 72-73.

[2] BALANCIN, Euclides M.; STORNIOLO, Ivo. *Como ler o livro de Amós*. 2ª ed., São Paulo: Edições Paulinas, 1991, p. 8.

ela os sacerdotes; os juízes e com eles as decisões favoráveis no que se referem ao direito e à justiça; a posse da terra e com ela a exploração dos camponeses; o exército e com ele a força para dominar, só podemos concluir que este governo centralizado beneficiou poucos e explorou muitos.

2.1. O desenvolvimento econômico

O desenvolvimento econômico não vem por acaso e nem de um dia para o outro. Vários fatores contribuíram para isso. De modo geral, podemos dizer que: "O Reino do Norte conheceu relativa tranqüilidade pelo fato de o império assírio estar ocupado com Damasco. Isso permitiu uma espécie de 'milagre econômico': Israel recuperou os territórios perdidos e houve uma fase de grande prosperidade, com muitas e luxuosas construções, aumento dos recursos agrícolas, progresso da indústria têxtil e tinturaria".[3]

Evidentemente que, para se ter um grande território e um grande desenvolvimento econômico, é necessário produzir, exportar e até mesmo explorar. Assim, quando se fala do aumento dos recursos agrícolas, fala-se também de lavradores trabalhando a terra. Quando se fala de construções luxuosas, automaticamente se fala de ricos, e se se fala de ricos, conseqüentemente se deduz que existem muitos pobres.

Os camponeses eram explorados e tinham de manter os produtos utilizados no comércio e sustentar a vida luxuosa do rei e da elite, além de fornecer alimentos ao exército, incluindo soldados e cavalos. Com isso, o velho ditado popular era evidente: "ricos cada vez mais ricos e pobres cada vez mais pobres". No entanto, podemos afirmar que o desenvolvimento econômico não foi capaz de trazer vida e dignidade para os israelitas, porque beneficiava poucos. Na verdade, podemos concluir que a política e a economia visavam interesses da elite, enquanto a multidão restante era excluída.

---

[3] BALANCIN, Euclides M.; STORNIOLO, Ivo. *Como ler o livro de Amós*. 2ª ed., São Paulo: Edições Paulinas, 1991, p. 8.

2.2. Uma política excludente

A política de Jeroboão II foi direcionada ao bem-estar da elite. O progresso econômico também beneficiou poucos, excluindo uma maioria. Enquanto uns viviam em mansões e possuíam uma vida luxuosa, o restante deveria viver em casas simples e até mesmo em *barracos*. A posse da terra estava nas mãos de poucos, enquanto a maioria nada possuía. Aumenta-se o abismo entre ricos e pobres. Surge uma pequena elite urbana que vive às custas do empobrecimento da maioria dos israelitas. Nesse sentido, fica clara uma política excludente: o bem-estar era para poucos, a terra era posse dos ricos e a riqueza do país, para alguns. É nesse contexto social que vai surgir Amós, o profeta da justiça social.

II

ANÁLISE DO LIVRO DE AMÓS

Antes de entrarmos em Amós propriamente dito, é necessário fazermos uma pequena introdução à profecia em Israel. Evidentemente que não é uma descrição detalhada do modo pelo qual se processou esse sistema profético, pois isto não é nosso objetivo. Queremos somente dar uma visão geral para que possamos introduzir Amós.

Podemos afirmar que, em todos os povos e culturas, existiram adivinhações e outros modos para se compreender os mistérios que envolvem esta ou aquela cultura. Mais do que isso, "o fenômeno profético, num sentido amplo, situa-se no centro dessa inquietação humana e, como tal, não foi exclusividade do povo bíblico, nem de uma determinada religião, raça ou cultura. Nasceu da necessidade humana de relacionar-se com a divindade, de entrar no impenetrável mundo do divino. Nesse sentido, o fenômeno profético manifesta a natural inclinação do homem para o transcendente".[1]

Fica claro, então, que a profecia não é um movimento tipicamente israelita ou bíblico e que temos diferentes maneiras de entrar em contato com o divino.

O fato é que a profecia exerceu uma enorme influência em Israel e na vida cotidiana do povo. Os profetas, de modo

[1] RIBEIRO, Francisco Souza. *Justiça: Entrevista com o profeta Amós*. Tradução de Cristina Paixão Lopes. São Paulo: Paulinas, 1996, p. 16.

geral, principalmente aqueles comprometidos com a justiça, exerceram um papel decisivo como porta-voz do povo e de seus direitos. O primeiro profeta que deixou seus escritos foi exatamente Amós.

1. Quem foi Amós?

Pergunta muito difícil de responder porque não temos informações precisas de quem foi Amós. Na verdade, seu livro nos dá margem para interpretações diferentes de sua vida e profissão. Segundo a Bíblia TEB, o nome Amós evoca o verbo levar, em hebraico. Talvez seja uma forma abreviada de *Amosiá*, que quer dizer o Senhor levou, nome com que se exprime o reconhecimento por uma intervenção favorável do Senhor.

Era da cidade de Técua, uma pequena cidade ao sul de Jerusalém, a mais ou menos 15 quilômetros – ao que tudo indica, era uma região muito boa para a criação de gado. Residia em Judá ou sul de Israel e não em Israel do Norte, onde profetizou.

Com relação a sua profissão, fica ainda mais difícil de definir se ele era patrão ou empregado, se era dono de uma pequena propriedade ou era assalariado. O fato é que, depois de uma pesquisa sobre as duas informações que o livro nos proporciona, fica ainda muito obscuro afirmar quem foi Amós.

Temos informações em Am 1,1 – onde na Bíblia em hebraico aparece a palavra *Noqed*, mais especificamente *Noqedim* no plural – de que o dicionário bíblico hebraico-português, de Luís Alonso Schökel, a traduz por Vaqueiro. Já em Am 7,14, a palavra que aparece no hebraico é *Boqer*, que é traduzida pelo dicionário acima citado por Pastor. Oferece também outra informação de que era cultivador de sicômoros – provavelmente originária do Egito –, sendo arbustos de troncos grossos, com muitos galhos que crescem desde as raízes; seus frutos devem ser rachados para que a polpa interior amadureça e, ao que parece, serviam de alimento para o gado; seu cultivo não era típico da região de Técua, mas da região do Mar Morto e da Sefela.

> "À primeira vista, pensaríamos que Amós fosse um grande proprietário e que sua atividade profética pudesse ser em defesa de seus interesses de proprietário. Todavia, podemos pensar, e talvez com mais acerto, que Amós fosse uma pessoa pobre, com vários empregos a serviço de outros para sobreviver: ora trabalhava como pastor, ora como vaqueiro, ora como agricultor, dependendo dos 'bicos' que conseguia. Lembraria hoje o bóia-fria que vive das oportunidades passageiras de trabalho. Nessa perspectiva, a palavra de Amós adquire outro sentido: torna-se denúncia de uma situação que gera a injustiça social e a pobreza do povo".[2]

Mais uma vez fica evidente a enorme dificuldade em definir Amós como proprietário ou empregado, pois os termos usados em seu livro dão margem às duas interpretações. Seja como for, podemos afirmar que ele conhecia na pele a dura realidade de seu povo e lutou para que os pobres tivessem acesso à justiça e seus direitos respeitados.

Por outro lado, outras informações também sobre o modo de pensar de Amós e de enxergar sua realidade nos proporciona um conhecimento valioso de quem foi esse profeta:

> "... Ele era nascido e criado na aldeia rural de Técua, onde as tradições e as práticas da época da confederação tribal estavam ainda vivas e eram praticadas na medida em que as instituições estruturais da monarquia ainda não as tinham desgastado nem destruído. Ele estava profundamente imbuído dos antigos ideais da ordem social justa e igualitária".[3]

Além do mais, ele fez uma experiência muito forte de Deus que o levava a denunciar as injustiças da monarquia, procurando mostrar que uma outra sociedade mais justa e igualitária era possível, porém tanto os reis quanto o povo deveriam converter-se para que Javé reinasse e para que na terra fossem respeitados o direito e a justiça.

---

[2] BALANCIN, Euclides M.; STORNIOLO, Ivo. *Como ler o livro de Amós*. 2ª ed., São Paulo: Edições Paulinas, 1991, p. 7.

[3] CERESKO, Anthony R. *Introdução ao Antigo Testamento numa perspectiva libertadora*. São Paulo: Editora Paulus, 1996, p. 194-195.

2. Divisão e estrutura do livro de Amós

Não é fácil apresentar a divisão de um livro, geralmente há algumas controvérsias entre os escritores bíblicos. Mas sobre Amós, de modo geral, podemos dizer que há certo consenso entre os biblistas quanto à composição do livro, sendo:

- introdução: de 1,1-2;
- oráculos contra as nações: de 1,3–2,16;
- oráculos contra Israel: de 3,1–6,14;
- as cinco visões e alguns oráculos: de 7,1–9,10;
- profecia final de salvação (provavelmente não é de Amós): de 9,11-15.

Embora exista certo consenso entre vários autores, dentre eles podemos citar: Alonso Schökel, J. L. Sicre, Norman K. Gottwald, Bíblia TEB, é evidente que haja também alguns detalhes e posições diferentes no que se referem alguns textos como originário ou acréscimo. Gottwald coloca em Am 9,7-15 a promessa da restauração nacional, enquanto a maioria dos biblistas coloca em Am 9,11-15 a profecia final de salvação e afirma que não é de Amós.

Vale dizer que: "no tocante à origem do livro, é possível ter sido escrita grande parte dele pelo próprio Amós. Talvez a primeira parte que se redigiu foram os oráculos contra as nações. Mais tarde, um discípulo acrescentou o episódio do conflito com Amasias (7,10-17), e acaso deu ao livro sua estrutura atual, que só recebeu leves retoques ao ser redigido o livro definitivamente em Judá".[4]

Conforme divisão que colocamos acima, a primeira parte (1,3–2,16) seria os oráculos contra os países estrangeiros, culminando no oráculo contra Israel (2,6ss.), enquanto que a terceira parte (7,1–9,10) as visões e alguns outros oráculos. Assim sendo, teríamos o centro do livro (3,1–6,14) como uma grande denúncia contra as

[4] Schökel, Alonso; Sicre Diaz, J. L. *Profetas II*. Grande comentário bíblico. Tradução de Anacleto Alvarez e Honório Dalbosco. São Paulo: Edições Paulinas, 1991, p. 989.

injustiças praticadas por Israel que, tendo um povo escolhido por Deus, deveria praticar a justiça e o direito, a fim de ser exemplo para outras nações. No entanto, cometem os mais bárbaros crimes, pois "eles odeiam os que defendem o justo no tribunal e têm horror de quem fala a verdade" (5,10); criticam também o falso culto e a religião como instrumento de ideologia: "Dirijam-se a Betel e pequem; vão a Guilgal, e pequem ainda mais!" (4,4); criticam, ainda, o luxo e o orgulho de todos "aqueles que em seus palácios entesouram violência e opressão" (3,10); deixam claro a todos que o Dia de Javé será de "trevas e não de luz" (cf. 5,18).

O centro de toda a mensagem de Amós é exatamente um apelo dramático à conversão: "Procurem o bem e não o mal; então vocês viverão. Odeiem o mal e amem o bem; restabeleçam o direito no tribunal" (5,14a-15a). Mas que *tribunal*? Na verdade, a tradução literal e correta dessa palavra, na época de Amós, é *porta*. Ocorre que algumas bíblias – dentre elas a Bíblia Pastoral –, para melhor adequação e entendimento nos dias de hoje, resolveram traduzir por *tribunal*. É evidente que há uma grande diferença ao traduzir *porta* no sentido de *tribunal*. Mais do que isso, tanto uma como outra não são como entendemos hoje, quando então têm significados diferentes. Ao se falar em *porta*, pensamos em entrada de uma casa e, ao se falar em *tribunal*, pensamos em um juiz, advogado, fórum, processos longos etc. Porém, esta palavra, no século VIII a.C., na época de Amós, tem um outro sentido, diferente do que pensamos. *Porta* não se refere à entrada de uma casa, nem *tribunal* é ligado a fórum, processos imensos, advogados etc. De um modo geral, podemos dizer que *porta* era o local de acesso das cidades, ou o portão de entrada, um local onde se tinha geralmente, não necessariamente, uma praça onde o povo se reunia perante anciãos ou pessoas designadas para o julgamento de pequenas ou grandes causas. Seria o local da justiça (*tribunal*?). Não era um *tribunal*, como concebemos hoje, com juiz, promotor, advogados, processos imensos etc., mas um local onde se procurava a justiça, e, neste caso, é um pouco parecido com que entendemos por *tribunal* hoje. Daí por que interpretar *porta* por *tribunal* é um pouco complicado, embora haja alguma coisa em comum no que se refere à questão da justiça e ganho de causa. Os pobres não tinham voz e nem vez, seus direitos não lhes eram garantidos, pois quem julgava, odiava aqueles que os reprovavam na *porta*. Mais do que isso, detestava aqueles que falavam justamente de acordo com a justiça. No entanto, percebemos mais uma vez que a questão de quem é rico vencer em tribunais é coisa muito antiga e que pobres, lutando por seus direitos e por justiça, também. Amós critica duramente a injustiça reinante em sua época na *porta*, da mesma forma que poderíamos criticar a injustiça hoje, que às vezes se faz presente no *tribunal*.

Gostaríamos de dizer a você, leitor, que ao longo desta obra utilizamos a palavra *tribunal*, que, no texto original, é *porta*, pois consideramos ser mais compreensível para os dias de hoje e seguimos a tradução da Bíblia Pastoral.

No centro da mensagem de Amós, esquematicamente, de um modo geral, para ficar um pouco mais claro, poderíamos resumir a segunda parte em:

a) Luxo e orgulho da elite em Samaria (3,9-12; 4,1-3).
b) O falso culto (4,4-5).
c) Advertências de Javé e lamentação (4,6-12; 5,1-3).
d) Apelo à conversão (5,4-7.14-15).
c') Lamentação e Dia de Javé (5,16-20).
b') O verdadeiro culto (5,21-25).
a') Destruição do luxo e orgulho da elite de Samaria (6,1-14).

No fundo, o profeta Amós está convencido de que o que Deus quer e deseja "é ver brotar o direito como água e correr a justiça como riacho que não seca" (5,24). Mas, para isso, são necessárias a conversão e a mudança de vida. Amós insiste: "Procurem o bem e não o mal; então vocês viverão" (5,14).

III

OS ESCRITOS DE AMÓS

Como vimos, Amós é um profeta que chama a atenção por sua maneira de escrever e pelas imagens usadas para transmitir a mensagem de Deus. As três grandes partes de seus escritos são: oráculos contra as nações (1,3–2,16); oráculos diversificados contra Israel (3,1–6,14) e as cinco visões e alguns oráculos (7,1–9,10). Vejamos cada uma das partes a seguir.

1. Oráculos contra as nações (1,3–2,16)

No que se refere ao julgamento das nações, algumas coisas são interessantes: ele sempre começa com "Assim diz Javé", mostrando que é o próprio Deus que o leva a dizer e que não são palavras suas, ou seja, pessoais, e nem são palavras que qualquer outra pessoa queira dizer. Depois, usa sempre a expressão "por três crimes de... e pelo quarto, eu não vou perdoar".

Não era novidade os profetas, nesta época, pronunciarem maldições contra o que podemos chamar de *inimigos de Israel*, onde havia exatamente o que temos: ameaças de castigo. Em Amós, temos algumas novidades, pois ele fala das nações vizinhas para poder chegar a seus ouvintes israelitas. Estes ficavam felizes com o que os profetas falavam contra as outras nações, que eram chamadas de pagãs.

Especificamente, Amós profere oráculos contra sete nações:

1) Damasco – "porque moeram Galaad com grade de ferro" (1,3): o território de Galaad foi destruído de maneira violenta e cruel. Deus não é imparcial, Ele condena todo e qualquer crime injusto.

2) Filistéia – "porque fizeram cativo um povo inteiro para entregá-lo a Edom" (1,6): os filisteus eram muito conhecidos pelos israelitas, tanto é verdade que uma das principais razões que levou o povo de Israel a pedir um rei foi justamente o medo e a insegurança contra esse povo que tinha um grande poder militar. Aqui, eles eram acusados de cometer crimes referentes à escravidão. Deus quer o homem livre e não escravo.

3) Tiro – "porque fizeram cativo um povo inteiro para entregá-lo a Edom, sem respeitar o pacto de irmãos" (1,9): crime de escravidão semelhante ao da Filistéia, mais a agravante de ter violado um pacto, uma palavra. Deus quer que todos vivam como irmãos e não como inimigos.

4) Edom – "porque perseguiram seus irmãos com espada, sem ouvir a voz do sangue fraterno, e porque acenderam sua raiva para sempre, guardando ódio eterno" (1,11): crítica violentíssima contra Edom. Como sabemos, Rebeca, esposa de Isaac, teve filhos gêmeos: Esaú e Jacó. O primeiro foi chamado de Edom (Gn 25,30) e o segundo, de Israel (Gn 32,29). Como os dois irmãos "lutavam dentro do ventre materno", Rebeca consultou Javé, que disse: "Em seu ventre há duas nações, dois povos se separam em suas entranhas. Um povo vencerá o outro, e o mais velho servirá ao mais novo" (Gn 25,23). A crítica de Amós é ferrenha, no sentido de que "irmão não pode matar irmão", tem de respeitar o sangue de parentesco, nunca deve deixar o ódio dominar sobre o amor. Deus quer o amor reinando no coração do homem.

5) Amon – "porque rasgaram o ventre das mulheres grávidas de Galaad, só para alargar suas fronteiras" (1,13): a crítica é contra os crimes de guerra e a barbaridade absurda dos soldados Amonitas que mataram crianças inocentes. Outra crítica também é destruir vidas para se ter um território maior. Vida por dinheiro ou pelo poder de dominar.

> 6) Moab – "porque eles queimaram até as cinzas os ossos do rei de Edom" (2,1): é uma crítica contra uma lei que pedia para sepultar os mortos. Aliás, sepultar os mortos estava entre as obras de piedade dos judeus (cf. Tb 2,8). Não sepultar seria deixar o defunto em situação de maldição. Daí, a crítica com relação a Moab que não deu sepultura ao rei de Edom.

Até agora, tivemos oráculos contra seis nações. Viria agora a sétima e última dessa série de denúncias. Provavelmente, os israelitas vibraram quando Amós começou a criticar Judá, isto por dois motivos: primeiro, porque existia uma grande rivalidade entre Judá e Israel e, segundo, porque terminava assim a série de denúncias, e Israel não estava entre elas...

> 7) Judá – "porque desprezaram a lei de Javé e não guardaram seus mandamentos, tomando um caminho no rastro das mentiras que um dia seus pais já tinham seguido" (2,4): crítica que se refere à infidelidade de Judá com relação à lei de Javé descrita no Levítico e também com relação aos dez mandamentos. Outra crítica seria com relação aos ídolos que os pais tinham seguido, talvez alusão ao bezerro de ouro (Êx 32,1ss.). Deus condena a idolatria e exige que seu povo cumpra seus mandamentos.

Por esta ninguém esperava, mas...

> "Assim diz Javé: Por três crimes de Israel e pelo quarto, eu não vou perdoar: porque vendem o justo por dinheiro e o necessitado por um par de sandálias; pisoteiam os fracos no chão e desviam o caminho dos pobres! Pai e filho dormem com a mesma jovem, profanando assim meu nome santo. Diante de todos os altares eles se deitam sobre roupas penhoradas e no templo de seu deus bebem o vinho de juros" (2,6-8).

Rompe-se a série de sete nações e chega-se à oitava, exatamente Israel do Norte, onde tinha a prosperidade, a riqueza, a glória de dominar povos vizinhos e a economia em pleno desenvolvimento.

"De maneira imprevista, o profeta chega aonde pretende: denunciar e julgar o que está acontecendo no reino de Israel, pátria dos ouvintes. Acusa-os de injustiça social, corrupção, idolatria, manipulação ideológica. Os principais atingidos pela profecia são as autoridades: ao invés de promoverem condições de justiça e vida, exploram, oprimem e manipulam ideologicamente o povo, reduzindo-o à fraqueza, miséria e abandono".[1]

Todos os crimes de Israel, para serem exatos sete, têm a ver com a justiça, pois Amós é o profeta da justiça social. Os crimes são:

1) "Vendem o justo por dinheiro": justo – *saddiq* – é aquele que procura viver de acordo com a vontade de Deus, aquele que é inocente. Aqui demonstra um desprezo por todos aqueles que eram devedores, seja ao rei ou a qualquer outro credor. Levavam em conta só o dinheiro e não a inocência do justo, eis o grande crime.

2) "E o necessitado por um par de sandálias": a Bíblia de Jerusalém traduz como indigente – *'ebyôn* – aquele que pede e necessita de ajuda. O caso das sandálias é um pouco mais complicado de entender. Em Deuteronômio 25,9-10, elas estão ligadas à questão da lei do levirato, ou seja, quando uma mulher ficava viúva sem que tivesse um filho do sexo masculino, deveria ser desposada por seu cunhado, cujo primeiro filho era considerado do defunto e recebia parte da herança. Essa lei tinha por finalidade garantir a descendência e a estabilidade do bem da família. Em Rute 4,7, temos: "Ora, antigamente era costume em Israel, em caso de resgate ou de herança para validar o negócio, um tirar a sandália e entregá-la ao outro; era esse o modo de testemunhar em Israel". Quando alguém tinha uma pequena dívida, mas não tinha como pagá-la, deveria entregar sua sandália. Amós critica a injustiça que esse gesto de entregar as sandálias significava; gesto de quem devia pou-

[1] *Bíblia.* Edição pastoral, 8ª ed., São Paulo: Edições Paulinas, 1993, p. 1182.

ca coisa ou quase nada tinha de entregar sua propriedade ao credor. Com isso, ficava escravo, era condenado à escravidão. "Pôr o pé sobre um campo ou lançar nele sua sandália significa tomar posse dele. O calçado torna-se desta forma símbolo do direito de propriedade. Retirando-o e entregando-o ao comprador, o proprietário lhe transmite esse direito".[2]

3) "Pisoteiam os fracos no chão": fracos – *dal* – no sentido daqueles que, perante a lei, não têm como se defender, pois são pobres e humilhados pelos que detêm o poder. Ao invés da solidariedade, recebem a exploração e a humilhação.

4) "E desviam o caminho dos pobres": pobres – *'anawîm* – desviar o caminho seria no sentido de não utilizar o caminho certo, no caso o caminho da justiça que era o único instrumento que os pobres possuíam para terem seus direitos assegurados. Seria desviar a justiça e utilizá-la em benefício dos poderosos.

5) "Pai e filho dormem com a mesma jovem": a impressão que se tem é que esta crítica se refere à *prostituição sagrada*, isto é, *Baal* era adorado como *deus* em várias nações. Era símbolo da fertilidade e da chuva. Os sacerdotes diziam que os camponeses que colhessem bastante alimento deveriam oferecer uma parte ao "templo do deus Baal". Ora, eram escolhidas, no início das colheitas, várias moças que deveriam ficar no templo. Os trabalhadores da roça que mais oferecessem alimentos tinham privilégio de praticar a *prostituição sagrada*, ou seja, dormir com as moças no templo. Mas tudo isso não passava de exploração e mentira. O objetivo dos sacerdotes de Canaã e nações vizinhas era pegar para si os alimentos dos camponeses. Na verdade, Amós condena a humilhação que uma serva ou escrava tinha de passar ao dormir com o pai e o filho ao mesmo tempo. A crítica aqui se refere à dignidade enquanto pessoa e enquanto filha de Deus.

---

[2] *Bíblia de Jerusalém.* São Paulo: Editora Paulus, 2002, p. 388-389.

6) "Diante de todos os altares eles se deitam sobre roupas penhoradas": aqui se faz necessário entender a lei descrita em Êxodo 22,25-26a: "Se tomares o manto de teu próximo em penhor, tu lho restituirás antes do pôr-do-sol. Porque é com ele que se cobre, é a veste de seu corpo". A crítica, no entanto, é com relação aos empréstimos, ou seja, aqueles que não podiam pagar tinham de dar seu manto como penhor. Todavia, o credor não poderia dormir com esse manto penhorado, pois era o único que o pobre possuía. Neste caso, demonstra falta de misericórdia para com o pobre, no que se refere aos empréstimos. A lei, que também está descrita em Êxodo 22,24, diz: "Se você emprestar dinheiro a alguém de meu povo, a um pobre que vive a seu lado, você não se comportará como agiota: vocês não devem cobrar juros". Ocorre que temos informações de que os empréstimos poderiam chegar a 50% de juros na época de Amós. Isso constituía um verdadeiro absurdo e era praticamente impagável.

7) "E no templo de seu deus bebem o vinho de juros": aqui se refere ao rei e à elite governante que utilizavam, de maneira indevida, os impostos e multas. Pode estar também no sentido dos juros exorbitantes cobrados dos empréstimos feitos pelos mais pobres. Significa a exploração que os ricos faziam com relação aos pobres para manter sua vida de luxo e bem-estar.

Por tudo isso, percebe-se que, em Israel, a opressão era muito grande. Os ricos cada vez mais ricos e os pobres na miséria e explorados de todas as maneiras.

"Os crimes dizem respeito à injustiça social e respondem aos crimes anteriores contra o direito internacional. Trata-se da opressão dos pobres e indigentes, introduzidos num quarteto significativo: saddiq, 'ebyôn, dal, 'anawîm. O primeiro adjetivo qualifica os outros três, tratam-se de inocentes: não são culpados para merecerem punição, nem são devedores para terem de vender-se. Caso sejam devedores, tratam-se de quantidades que não justificam o mercantilismo impiedoso dos poderosos".[3]

A injustiça reinava em Israel. As vítimas eram os pobres. Mas, de modo geral, orgulhavam-se por serem uma nação poderosa que dominava outros povos e tinha um poderio econômico muito grande. O profeta Amós vem denunciar as injustiças presentes no reinado de Jeroboão II e defender as causas dos mais necessitados; seu compromisso era com a verdade e com a justiça.

2. Oráculos diversificados contra Israel (3,1–6,14)

Segue-se o livro do profeta Amós com vários oráculos contra Israel e, de uma maneira muito dura, Deus cobra a aliança firmada, a qual Israel se comprometeu a viver como uma nação diferente, ou seja, viver na justiça.

2.1. A questão da justiça

Pela história, sabemos, e de modo muito claro, de todas as dificuldades do povo de Israel quando foram escravos no Egito. Amós vai recordar este evento dizendo: "Escutem bem esta palavra que Javé diz a respeito de vocês, ó filhos de Israel, e a respeito de toda a família que eu tirei da terra do Egito: De todas as famílias da terra, você foi a única que eu conheci; e é justamente por isso que eu vou lhe pedir contas de todos os seus pecados" (3,1-2).

Fica claro que, em Israel, nós não temos a tão sonhada justiça. A terra é um dom de Deus e um presente para toda a humanidade. No entanto, os poderosos se apoderam do sustento dos fracos, roubam suas terras e vivem no luxo, enquanto estes vivem na miséria. Isto nada mais é do que o sistema injusto e de morte que Israel vivia no Egito. Esse sistema não poderia ser reproduzido para *matar* o próprio irmão. Além do que a liberdade – tão esperada e sonhada

[3] SCHÖKEL, Alonso; SICRE DIAZ, J. L. *Profetas II*. Grande comentário bíblico. Tradução de Anacleto Alvarez e Honório Dalbosco. São Paulo: Edições Paulinas, 1991, p. 996.

por todos – era uma realidade. Amós volta ao Egito e mostra que opressão e morte estão presentes em Israel e que a liberdade de filhos de Deus está longe de ser alcançada. No fundo, equivale a dizer que o antigo sistema se faz presente e é uma volta ao Egito. Deus exige de Israel a justiça e a liberdade.

A crítica essencial de Amós diz respeito exatamente contra a justiça. Não é possível um país que se diz ser governado em nome de Javé ser injusto. Ao mesmo tempo, não podemos admitir que existam latifundiários, meeiros e escravos, ricos e pobres. Deus quer justiça, igualdade e vida plena em todos os setores da vida de Israel.

2.2. Crítica com relação à elite da Samaria (3,9-12; 4,1-3)

Uma outra crítica que Amós vai tecer de modo forte é com relação à elite da Samaria, ao rei, a seus ministros, a funcionários de alto escalão e latifundiários. Poderia ser chamada de capital corrupta e de injustiça social: "Não sabem viver com honestidade – oráculo de Javé – aqueles que em seus palácios entesouram violência e opressão" (3,10).

A denúncia de Amós deixa claro que a opressão deve acabar e que um outro modo de vida, com dignidade e respeito aos mais necessitados, deve existir. Ainda sobre a Samaria, tece uma dura crítica contra as esposas dos exploradores, chamando-as de "Vacas de Basã", porque vivem no luxo às custas da exploração dos fracos e dos mais necessitados. E aquela velha história, que se há luxo de um lado, há miséria do outro, torna-se realidade. Uma pequena elite começou a oprimir ainda mais o povo da terra,

> "quando a terra passou a ser controlada pelos latifundiários, os posseiros eram forçados a destinar a terra sempre mais ao cultivo de frutos, como uvas e azeitonas, para a produção de artigos de luxo como o vinho e o óleo. Esses artigos de luxo destinavam-se aos próprios grupos dirigentes, à exportação e ao comércio, em troca de bens luxuosos importados, como utensílios esculpidos de marfim, jóias, perfumes etc.".[4]

[4] CERESKO, Anthony R. *Introdução ao Antigo Testamento numa perspectiva libertadora*. São Paulo: Editora Paulus, 1996, p. 193.

Daí por que diz Amós que eles não são honestos e que entesouram violência e opressão. Essa realidade se faz presente hoje, realidade na qual temos os países ricos e desenvolvidos e os países pobres e em desenvolvimento. Estes últimos são *forçados* a produzir o que os primeiros necessitam e a ostentar o luxo e o bem-estar destes em detrimento de sua própria miséria.

Amós tinha dentro de si os ideais da época tribal, da partilha e da solidariedade, quando todos tinham onde plantar e o que colher, quando não havia os que viviam no luxo e na riqueza, oprimindo e explorando os próprios irmãos. Chega a chamar as mulheres do rei e da elite de "Vacas de Basã", pois pedem o que querem a seus maridos e eles atendem seus pedidos às custas do sacrifício e do suor dos pobres que não têm nem o que comer. Deus está atento e não vai permitir que essa exploração continue por muito tempo.

2.3. Crítica com relação ao culto religioso (4,4-5)

Um dos maiores crimes no reinado de Jeroboão II, sem dúvida alguma, foi o de transformar uma religião da vida e da libertação em uma ideologia para oprimir, explorar e matar. Foi um pecado muito grave servir-se da boa-fé do povo em Javé e instrumentalizá-la em benefícios próprios para se ter luxo, glória e poder. O culto praticado é só uma aparência para poder justificar a injustiça. Os sacerdotes, como sabemos, eram funcionários do rei, isto é, não eram representantes do povo e do verdadeiro Deus, mas dos interesses do rei. Assim sendo, "o culto oficial e a ideologia/teologia sacerdotal dos sacrifícios e ofertas eram, pois, mecanismos que auxiliavam a exploração e a sobretaxação dos camponeses, contribuindo para seu empobrecimento".[5] O povo, levado pela fé em Javé e para cumprir a lei dos sacrifícios e sua religiosidade, oferecia alimentos, bois, ovelhas, dízimos etc. Tudo isso era um modo de exploração em nome de Deus. O culto era só um instrumento aparente da religiosidade, pois

---

[5] REIMER, Haroldo. "Agentes e mecanismos de opressão e exploração em Amós", in *Ribla n. 12*. Petrópolis: Editora Vozes, 1992, p. 55.

no fundo escondia a injustiça, a exploração e a opressão. O culto era para os interesses do rei e da elite.

Amós, percebendo que o povo estava sendo enganado em nome de Deus, vai denunciar e condenar esse culto que não gera vida e sim morte: "Dirijam-se a Betel, e pequem: vão a Guilgal, e pequem ainda mais!" (4,4). O santuário, que deveria ser um encontro amoroso e de fé em Deus, transformou-se em um lugar de pecado e de injustiças. Amós deixa claro que o povo deve sim prestar seu culto a Deus, mas na vida e em seu dia-a-dia e não em santuários do rei. Ir até lá e participar desse mecanismo de exploração é ser conivente com a situação e pecar.

Por outro lado, Amós vai mostrar qual é a religião e o culto que Deus quer: "Eu quero, isto sim, é ver brotar o direito como água e correr a justiça como riacho que não seca" (5,24). O verdadeiro e único culto é aquele que gera vida e liberdade. Para isso, é necessário que o direito e a justiça sejam respeitados. O profeta ousa comparar o direito com a água, e a justiça como riacho que não seca. Essa comparação é muito forte, pois o povo de Israel vivia em uma região muito seca e o bem mais precioso era exatamente a água. Da mesma forma que a água era símbolo de vida, o direito e a justiça também deveriam ser um anseio pela própria vida, tão vital como a água.

"Assim diz Javé à casa de Israel: Procurem a mim e vocês viverão. Não procurem Betel, não façam romarias a Guilgal, nem corram para Bersabéia" (5,4-5). Deus não quer sacrifícios e oferendas e nem que se preste culto neste ou naquele santuário, quer que seu povo procure Ele mesmo, para que tenha vida, justiça, liberdade, solidariedade. Este é o verdadeiro culto, o culto da vida.

2.4. A conversão que gera a vida (5,4-7.14-15)

Chegamos ao coração do livro do profeta Amós. Diante de toda a situação de exploração e morte, ainda resta um caminho para a vida, a liberdade e a felicidade: a conversão ao verdadeiro Deus e a seu projeto e não procurar falsos cultos (cf. 5,4-7). Seria seguir outro caminho totalmente diferente do existente, ou seja, deixar o mal e fazer o bem. Daí o apelo dramático para a conversão: "Procurem o bem e não o mal; então vocês viverão. Quem sabe assim – como vocês dizem – Javé, Deus dos exércitos, estará com vocês. Odeiem o mal e amem o bem; restabeleçam o direito no tribunal" (5,14-15a).

Nesse apelo à conversão está o segredo da vida e da felicidade. Toda conversão exige mudança de conduta que, neste caso, seria odiar o mal e amar o bem. Assim sendo, sem dúvida alguma, o direito e a justiça seriam realidades e não um sonho. O que o povo queria, para ter uma vida com dignidade, era exatamente que a justiça e o direito fossem respeitados e não corrompidos. Mas, para existirem esse direito e justiça, os governantes e todo o povo tinham de procurar o bem e não o mal, seguindo assim o caminho deixado por Deus.

A raiz de todo e qualquer problema muitas vezes está na ganância, no poder, na glória. Ainda havia um fio de esperança para que se pudesse reverter a situação existente: odiar o mal, no sentido de deixar de lado a injustiça, e amar o bem, no sentido de se fazer justiça. De nada vale um povo ter riqueza e glória se estas são para alguns e não para todos. O sonho de Deus era que a riqueza fosse partilhada e que todos trilhassem o caminho do direito e da justiça.

2.5. O dia de Javé *(Yom Yhwh)* (5,18-20)

Este conceito é muito usado no Antigo Testamento e tem vários significados também.

> "Em termos de conteúdo, a tradição ou a esperança pelo 'dia de Javé' representa uma expectativa por uma intervenção divina na história humana, capaz de mudar os rumos do curso dessa história. Nas tradições antigas, mormente relacionadas com eventos de 'guerra santa', ou vinculados com acontecimentos teofânicos (cf., por exemplo, Jz 5), anseia-se basicamente por uma interferência salvífica de Deus para mudar a sorte do povo ante ameaças de inimigos externos ou de outras adversidades temporais (1Rs 19). O Deus-Javé é/era celebrado como o Deus salvador incondicional de seu povo. O dia de

Javé significava um dia de graça para Israel e de desgraça para os outros povos/inimigos".[6]

De modo geral, podemos dizer que este dia era tido como de luz, como se Javé viesse e interferisse diretamente na história em benefício de seu povo escolhido. Seria um dia de terror para os povos inimigos de Israel. Era, no fundo, uma falsa esperança e até uma ilusão incutida nos israelitas de que eles eram os privilegiados por Deus. Contra essa falsa concepção do dia de Javé, Amós vai invertê-la radicalmente, dizendo: "Ai dos que vivem suspirando pelo dia de Javé! Como será para vocês o dia de Javé? Será de trevas e não de luz" (5,18).

Em todo o Antigo Testamento, Amós é o primeiro profeta que vai denunciar a falsa segurança da elite dominante no dia de Javé, como um modo de salvar e libertar Israel. Aliás, ele vai dizer justamente o contrário: este dia vai ser de destruição, pois os governantes de Israel tornaram-se inimigos do povo pobre com injustiças, corrupção, suborno, exploração, e Javé está atento a tudo isso e vai fazer justiça; este dia será de trevas, de destruição, e sem escapatória; este dia será de destruição para Israel por parte de Javé e não para seus inimigos. O que era luz transformou-se em trevas, esta é a grande novidade do dia de Javé.

Outro erro absurdo que podemos cometer é pensar que o dia de Javé se refere ao final do mundo e ao futuro. Ou até mesmo, usando a linguagem de Jesus Cristo, pensar que o Reino de Deus ainda vai acontecer. A verdade é que os poderosos e os dominadores políticos do mundo daquela época, e de hoje também, vivem *iludindo* o povo pobre que, com este ou com aquele governo, o mundo vai melhorar, e quando o Brasil pagar a "dívida externa", o povo terá mais dinheiro e será mais feliz. Tudo se refere ao futuro, mas o dia de Javé ou o Reino de Deus deve acontecer aqui e agora. Quando existir o amor, a justiça, a partilha, a igualdade e a fraternidade, aí sim poderemos afirmar que o Reino de Deus ou o dia de Javé é atual e não escatológico.

---

[6] REIMER, Haroldo. "O dia de Javé em Amós", in *Estudos Bíblicos* n. 65. Petrópolis: Editora Vozes, 2000, p. 26.

2.6. A glória que será destruída (6,1-14)

Infeliz do homem que alicerça sua vida sobre o poder e a glória, que faz da riqueza e do luxo sua razão de ser. Tudo isso é vazio, e a verdadeira vida não consiste no *ter*, mas no *ser*.

Especificamente sobre Israel, podemos afirmar que eles se vangloriavam por ter o poder e por ser um país rico. Amós vai alertar a todos que vivem em "camas de marfim" e no luxo, comendo do bom e do melhor, que "bebem canecões de vinho, usam os mais caros perfumes, sem se importar com a ruína de José" (6,6), que tudo isso será destruído e que eles serão exilados. "Acabou-se a festa dos boas-vidas" (6,7b).

Deus vai intervir, pois não é possível alguns viverem no luxo, enquanto muitos vivem na miséria. É preciso acabar com o suborno, pois o pobre não tem a quem recorrer, porque os juízes não fazem justiça. O pobre não tem como se defender e lutar por seus direitos. Para os que tinham orgulho de serem uma nação *poderosa*, Amós vai dizer: "Vocês fazem festa por causa de Lo-Dabar e dizem: 'Não foi por nossa força que conquistamos Carnaim?' Pois bem, ó casa de Israel: eu vou levantar contra vocês uma nação que os esmagará" (6,13-14). Em outros termos, Israel será totalmente destruído pela Assíria.

Resumindo: de que valem o orgulho, o luxo, a riqueza e a glória, se tudo será destruído?

3. As cinco visões e alguns oráculos (7,1–9,10)

A última parte do livro de Amós nos relata uma experiência pessoal e íntima do profeta com Deus. Trata-se das cinco visões. São elas:

1) "Isto me mostrou o Senhor Javé (ou 'Assim me fez ver o Senhor Iahweh' – Bíblia de Jerusalém; ou 'Eis o que me fez ver o Senhor, meu Deus' – Bíblia TEB): Apareceu uma nuvem de gafanhotos pouco antes da colheita do feno, depois de cortado o feno do rei. Quando iam acabar com todo o verde da terra, eu disse: 'Por favor,

Javé, perdoa! Jacó é tão pequeno! Como poderá resistir?' Então Javé se compadeceu e disse: 'Isso não vai acontecer'" (7,1-3). O que fica claro é que o profeta intercede a Deus não em benefício do rei ou dos grandes, mas em benefício do próprio povo. Isto se deve ao fato de que parte da primeira colheita era para pagar o tributo ao rei, provavelmente para alimentar seus cavalos de guerra. Agora se os gafanhotos devorassem a segunda colheita, iriam prejudicar os camponeses e os pobres. Amós lembra o episódio de Jacó, praticamente impotente, que fugia de seu irmão Esaú (Gn 27,41-45), e mostra que os pobres são vítimas dos poderosos, daí por que Deus se compadece e volta atrás com relação a essa primeira visão.

2) "Isto me mostrou o Senhor Javé: O Senhor Javé convocava o fogo para fazer o julgamento. O fogo consumia o grande oceano e devorava as roças. E eu disse: 'Por favor, pára, Senhor Javé! Jacó é tão pequeno! Como poderá resistir?' Javé se compadeceu e disse: 'Nem isso acontecerá'" (7,4-6). A questão do fogo é no sentido de ter havido uma grande seca que consumia o grande oceano ou o grande abismo. "Segundo a concepção que os israelitas tinham do mundo, são as águas subterrâneas, das quais nascem fontes e rios e a água dos poços",[7] que também devoravam as roças e plantações. Mas novamente o profeta utiliza o mesmo argumento dos pobres ao dizer: "Jacó é tão pequeno! Como poderá resistir?" Novamente, Deus se compadece, tem piedade, misericórdia do povo sofredor, e essa visão, ou seja, a desgraça que a visão anunciava, não ia acontecer. "Deus, ao atender as duas intercessões de Amós, mais que anular o juízo, havia concedido um prazo para que o rumo da injustiça se retificasse. Porque a obsessão de Deus é a conversão do homem".[8]

3) "Isto me mostrou o Senhor Javé: Javé estava sobre um muro e, na mão, tinha um prumo (estanho?). E Javé me disse: 'O que é que você está vendo, Amós?' Eu respondi: 'Um prumo (estanho)'. E ele me disse: 'Vou tirar o nível de meu povo Israel. Não o perdoarei mais. Serão arrasados os lugares altos de Isaac,

---

[7] *Bíblia.* Edição pastoral, 8ª ed., São Paulo: Edições Paulinas, 1993, p. 1186.

[8] RIBEIRO, Francisco Souza. *Justiça: Entrevista com o profeta Amós.* Tradução de Cristina Paixão Lopes. São Paulo: Paulinas, 1996, p. 36.

os santuários de Israel serão destruídos, e eu empunharei a espada contra a dinastia de Jeroboão'" (7,7-9). A principal dúvida com relação a essa visão seria o termo em hebraico *anak*, que pode ser traduzido por prumo ou estanho. Este termo só aparece na Bíblia nessa visão. A Bíblia de Jerusalém e a Pastoral traduzem por prumo. A TEB o traduz como estanho. Segundo o professor Haroldo Reimer, o termo correto em sua visão seria estanho. Isso explica, em partes, o rodapé da TEB: "Designando um metal, este metal seria o estanho, segundo o assírio *an-na*, muito procurado em vista da liga da qual se forjavam as melhores armas. A visão evocaria o medonho arsenal a ser forjado por Deus para arruinar seu povo".[9] Isto explicaria a destruição de Israel por parte da Assíria. Outra diferença dessa visão com relação às duas anteriores é que não há mais intercessão por parte do profeta. "Javé vai nivelar a situação, destruindo o palácio real (poder político reinante) e os santuários (ideologia religiosa dominante). Amós não pede mais perdão: a condenação da injustiça e da idolatria é irrevogável, para que o povo seja libertado".[10]

4) "Isto me mostrou o Senhor Javé: Vi uma cesta de frutas maduras. E Javé me perguntou: 'O que é que você está vendo, Amós?' Eu respondi: 'Uma cesta de frutas maduras'. Ele me disse: 'Está maduro o fim para meu povo Israel; não o perdoarei mais. Nesse dia, as cântaras do santuário gemerão, oráculo do Senhor Javé. Haverá cadáveres atirados por toda a parte. Silêncio!'" (8,1-3). Aqui o que fica muito evidente é o jogo de palavras "frutas maduras", prontas para serem consumidas, e "maduro o fim". "As palavras *qayis* e *qes* significam 'fruto maduro' e 'fim' e soam quase da mesma maneira. Isto facilitou minha compreensão do sentido das palavras do Senhor: assim como a fruta madura *(qayis)* alcança seu fim *(qes)* no amadurecimento, que a torna apta para o consumo, assim também Israel chegou a uma situação 'madura' de pecado, que o levará à autodestruição. Deus afirma que não perdoará mais, porque a obstinação de

---

[9] *Bíblia*. Tradução ecumênica – TEB. São Paulo: Edições Loyola, 1994, p. 917.
[10] *Bíblia*. Edição pastoral, 8ª ed., São Paulo: Edições Paulinas, 1993, p. 1186.

Israel havia fechado o caminho da conversão".[11] Outra palavra que nos chama atenção é "silêncio", que pode ser no sentido de que nada mais pode ser feito, a não ser esperar, o que indica também uma gravidade do momento e a catástrofe. Diante dela, todos ficam em silêncio, pois não há mais o que falar ou dizer.

5) "Eu vi Javé perto do altar. Ele me dizia: 'Bata no alto das colunas para fazer tremer os umbrais. Quebre a cabeça de todos, que o resto eu matarei pela espada. Ninguém conseguirá fugir, ninguém conseguirá escapar. Se eles se esconderem na mansão dos mortos, daí minha mão os arrancará; se subirem ao mais alto do céu, de lá os farei descer; se conseguirem esconder-se no pico do Carmelo, aí vou procurá-los e pegá-los; se mergulharem no fundo do mar, lá mandarei o dragão para que os morda; e se forem caminhando adiante do inimigo, darei ordem à espada para matá-los. Porei neles meus olhos para o mal e não para o bem'" (9,1-4). Em outros termos, é o fim de Israel. Novamente, aparece referência ao altar no sentido de santuário, onde se dá a opressão, a injustiça e a ideologia religiosa, que justifica o injustificável que é a injustiça; mas, desta vez, não haverá perdão ou fuga, tudo será destruído, e isto podemos talvez situar em 722 a.C., quando a Assíria destruiu Israel.

3.1. Amós é expulso de Betel (7,10-17)

Falar a verdade incomoda, ainda mais se esta for uma profecia em nome do verdadeiro Deus. Amós denunciou toda a exploração e corrupção existentes em Israel e criticou abertamente a política de Jeroboão II, que beneficiava só a elite e gerava miséria para os mais pobres. Daí por que Amasias, sacerdote de Betel, sentindo o peso de tal profecia, vai dizer: "Vidente, vá embora daqui. Retire-se para a terra de Judá" (7,12) e o proíbe de profetizar em Betel, por ser "santuário do rei", e pede para Amós ganhar sua vida com suas profecias.

---

[11] Ribeiro, Francisco Souza. *Justiça: Entrevista com o profeta Amós*. Tradução de Cristina Paixão Lopes. São Paulo: Paulinas, 1996, p. 37.

Amós deixa bem claro que não recebe nada por ser profeta, pois não é funcionário do rei, que é um profeta escolhido para anunciar a verdadeira Palavra de Deus. Fica claro, nesse episódio, que um profeta deve ter compromisso com a verdade e com a vida do povo.

3.2. Crítica contra os comerciantes (8,4-8)

Os pobres já eram explorados pela política de Jeroboão II; agora estavam sendo explorados também pelos comerciantes. "Quando vai passar o sábado, para abrirmos o armazém, para diminuir as medidas, aumentar o peso e viciar a balança, para comprar os fracos com dinheiro e o necessitado por um par de sandálias, e vender o refugo do trigo?" (8,5-6).

Mais uma vez, os pobres ficam sem vez e voz, pois não havia quem os defendesse. Mesmo quando precisavam comprar produtos básicos para seu sustento, ainda eram lesados na medida e no peso. Aqueles que pediam emprestado o trigo e não tinham como pagar, como já vimos anteriormente, tinham de entregar a posse da pequena terra a seu credor. Assim, devido a essa exploração, o processo de empobrecimento aumentava ainda mais.

4. Profecia final de salvação (9,11-15)

Os biblistas são unânimes em afirmar que este texto não é de Amós, foi um acréscimo posterior: "Este trecho foi acrescentado ao livro pela comunidade dos israelitas do Sul, exilados na Babilônia quase dois séculos depois".[12] Isto porque eles reconheceram que tiveram o mesmo pecado que os irmãos do Norte. Como houve o Exílio da Babilônia (586-538 a.C.), eles acrescentaram essa profecia final de salvação como se fosse de Amós, para dar uma esperança de que Judá seria reconstruído: "Farei voltar os exilados de meu povo Israel. Eles voltarão a construir as cidades que foram destruídas e nelas vão morar. Plantarão vinhedos e beberão de seu vinho..." (9,14).

[12] *Bíblia.* Edição pastoral, 8ª ed., São Paulo: Edições Paulinas, 1993, p. 1188.

Já Gottwald diz que "a escatologia pós-exílica da salvação foi anexada ao livro a fim de suavizar sua negatividade sombria".[13]

Na verdade, observamos que nada disso aconteceu, pois o povo de Israel, nesse período, ficou sujeito ao Império Persa, aos gregos e aos romanos na época de Jesus. O estilo é totalmente diferente de Amós.

[13] GOTTWALD, Norman K. *Introdução socioliterária à bíblia hebraica*. São Paulo: Edições Paulinas, 1988, p. 337.

IV

O SONHO DE JUSTIÇA CONTINUA...

Amós foi o primeiro profeta a nos deixar seus escritos por volta de 760 a.C., e é chamado de profeta da "justiça social". Sua mensagem é um grito contra as injustiças sociais praticadas pela monarquia em Israel. A razão de sua denúncia é o direito e a justiça. Ele assume a causa de seu povo, que sofre e clama pela dignidade. Sua mensagem é utilizada em linguagem simples, do povo da *roça*, para reivindicar uma vida melhor e justa. Ele estava imbuído dos ideais da sociedade tribal, de justiça, igualdade, partilha e solidariedade. Era contra os reis e todos aqueles que oprimiam o povo, viviam no luxo, eram latifundiários e concentravam as riquezas em suas mãos. Era a favor da recuperação da posse de terra, onde podiam plantar e colher.

O tão sonhado direito e justiça para a construção do Reino de Deus no meio de nós ainda não aconteceu. Esperamos, um dia, ver "brotar o direito como água e correr a justiça como riacho que não seca" (5,24).

Desde a época de Amós (séc. VIII a.C.) até hoje, o homem ainda luta por seus direitos. Muitos de nossos representantes políticos só estão preocupados com seus interesses, com riquezas e glórias. Continuam os ricos cada vez mais ricos e os pobres cada vez mais pobres. O povo ainda espera, de maneira passiva, a justiça que Deus fará quando tiver o Juízo Final, no "outro mundo". Os detentores do poder "odeiam os que defendem o justo no tribunal e têm horror de quem fala a verdade. Porque esmagam o fraco, cobrando dele o imposto... exploram o justo, aceitam subornos e enganam os necessitados no tribunal" (5,10-12). A exemplo de Amós, precisamos ser profetas hoje para denunciar o mundo do *ter*, do *praze*r e do *poder.*

Mais do que nunca, nos dias atuais, faz-se necessária a verdadeira conversão referida pelo profeta Amós: "Procurem o bem e não o mal; então vocês viverão. Odeiem o mal e amem o bem; restabeleçam o direito no tribunal" (cf. 5,14-15). Em outras palavras, é necessário praticar a justiça e eliminar as injustiças, amar a Deus e ao próximo, pois só assim estaremos contribuindo para a realização do sonho de Amós e dos profetas, de Jesus e de todos os homens de paz: construir o Reino de Deus no meio de nós, onde reinem o direito, a justiça e o amor. Além do mais, a justiça é um sonho eterno em que cada um deve não só sonhar, mas lutar para que ela se torne realidade.

Conclusão

> "Suprimida a justiça, o que são os reinos senão imensos banditismos? O que são os banditismos senão pequenos reinos?"
>
> Santo Agostinho, *A cidade de Deus*.

A justiça é hoje considerada um direito fundamental. Reivindicá-la também. A consciência desse direito começa a ser inscrita *formalmente* no direito positivo de diversos povos.[1] A justiça é importante não apenas por seus próprios aspectos diretos, mas também por suas conseqüências em todos os setores da vida íntima e social. Por exemplo, sem justiça, não há garantia de liberdade, este bem que, como dizia La Boétie, "deveria ser resgatado a preço de sangue"; este bem que, "uma vez perdido, torna para as pessoas honradas a vida aborrecida e a morte salutar", de modo que "não há mal que

[1] No Preâmbulo de nossa Constituição Federal vê-se: "Nós, representantes do povo brasileiro, reunidos em Assembléia Nacional Constituinte para instituir um Estado Democrático, destinado a assegurar o exercício dos direitos sociais e individuais, a liberdade, a segurança, o bem-estar, o desenvolvimento, a igualdade e a justiça como valores supremos de uma sociedade fraterna, pluralista e sem preconceitos, fundada na harmonia social e comprometida, na ordem interna e internacional, com a solução pacífica das controvérsias, promulgamos, sob a proteção de Deus, a seguinte Constituição da República Federativa do Brasil".

não sobrevenha, e até os próprios bens que subsistam perdem todo o seu gosto e sabor, corrompidos pela servidão".[2]

[2] DE LA BOÉTIE, Étienne de. *Discurso sobre a servidão voluntária*. 2ª ed., Lisboa: Antígona, 1997, p. 23-24. Sobre o conceito de "liberdade", eis a interessante lição de Benjamin Constant (pronunciada em conferência, em fevereiro de 1819, no Ateneu de Paris, intitulada *Da liberdade dos antigos comparada com a dos modernos (De la liberté des anciens comparée à celle des modernes*): "É o direito de cada um não estar submetido mais que às leis, não poder ser arrestado, nem detido, nem morto, nem maltratado de maneira alguma em decorrência da vontade arbitrária de um ou de vários indivíduos. É o direito de cada um expressar sua opinião, escolher seu trabalho e exercê-lo, dispor de sua propriedade, e inclusive abusar dela; ir e vir sem pedir permissão e sem prestar contas de seus motivos ou de seus passos. É o direito de cada um reunir-se com outras pessoas, seja para falar de seus interesses, seja para professar o culto que ele e seus associados preferirem, seja simplesmente para preencher seus dias e suas horas da maneira mais conforme a suas inclinações, a seus caprichos. É, enfim, o direito de cada um influir na administração de seu governo, seja por meio da nomeação de todos ou de determinados funcionários, seja através de representações, de petições, de demandas que a autoridade esteja mais ou menos obrigada a tomar em consideração. Somos homens modernos, queremos desfrutar de cada um de nossos direitos, desenvolver cada uma de nossas faculdades como melhor nos pareça, sem prejudicar aos outros, velar pelo desenvolvimento destas faculdades nos filhos que a natureza confiou a nosso carinho, mais capacitado quanto mais livre seja, e sem necessidade de alguma autoridade mais do que para dela obter os meios gerais de instrução que pode proporcionar; igual aos viajantes que aceitam as estradas da autoridade sem se deixar dirigir sobre o caminho que decidam seguir" (CONSTANT, Benjamin. *Escritos políticos*. Madrid: Centro de Estudios Constitucionales, 1989, p. 259-260. Disponível também em francês em http://www.panarchy.org/constant/liberte.1819.html). A expressão "abusar dela", no tocante à propriedade, deve ser entendida evidentemente com bom senso. Vide também LAMENNAIS, Hughes Félicité Robert de. *Palavras de um homem de fé*. Tradução de Marina Appenzeller. Título original: *Paroles d'un croyant*. São Paulo: Martins Fontes, 1998, p. 111-112; e PIMENTA BUENO, José Antônio. *Direito Público Brasileiro e Análise da Constituição do Império*. Brasília: Senado Federal, 1978, p. 320. Sobre o *gosto* e *sabor* da liberdade, vide a fábula do "cão e do lobo", de FEDRO, III, 6. "O cão e o lobo", transcrita por PINSKY, Jaime. *100 textos de história antiga*. São Paulo: Contexto, 1998, p. 103.

Tratando-se de uma semente divina, sempre teve suas expressões mais intensas, como se vê do próprio Amós.

Para ilustrar, transcreveremos a respeito mais dois exemplos narrados pelo Desembargador português Orlando Afonso:

> "'Em certa cidade, disse ele, havia um juiz que não temia a Deus, nem respeitava os homens. Vivia também naquela cidade uma viúva que ia ter com ele e lhe dizia: 'Faz-me justiça contra meu adversário'. Durante muito tempo, recusou-se a atendê-la; mas um dia disse consigo: 'Embora eu não tema a Deus, nem respeite os homens, contudo, já que esta viúva me incomoda, vou fazer-lhe justiça para que me deixe de vez e não volte a importunar-me'.
>
> Comparemos, agora, diz-nos José Mattoso, esta noção que o evangelho nos dá da justiça humana com um documento português do século XIII, 1265, do Mosteiro de Pedroso, próximo de Vila Nova de Gaia.
>
> Nesta época a justiça real começava a estender-se a todo o reino.
>
> Este documento contém uma contestação contra uma inquirição ordenada pelo rei, a certos lugares, a determinadas propriedades do domínio monástico, inquirição essa que contrariava a vontade dos monges, uma vez que a justiça real punha em causa a legitimidade que aqueles detinham sobre seus domínios.
>
> O documento descreve as diligências feitas pelo procurador do abade do mosteiro e resume as petições produzidas diante da justiça do rei e as audiências em que teve de depor.
>
> O documento diz que o abade de Pedroso foi citado em 17 de agosto pelo juiz da Vila da Feira para apresentar sua contestação perante o rei, no prazo de 27 dias. O abade enviou seu procurador a Coimbra, onde o rei estava sediado, tendo aquele sido recebido pelo sobrejuiz da corte, em 13 de setembro. Durante 15 dias o procurador tentou ser ouvido em Tribunal sem o conseguir, dado que o Tribunal não o atendeu sob o pre-

texto que seria previamente necessário consultar os registros sobre os domínios reais que não estavam então disponíveis.

O processo foi adiado por mais nove dias, findos os quais nenhuma decisão foi proferida, nem nesse prazo, nem nos 15 dias seguintes.

Depois de ter ouvido o procurador do mosteiro o sobrejuiz, em vez de prolatar a sentença, citou-o para se apresentar em Vila Nova de Gaia logo que a Corte aí estivesse. O procurador, com efeito, seguiu a Corte real até esta vila e aí permaneceu durante 15 dias sem conseguir que seu processo fosse julgado.

Depois o rei regressou a Coimbra, para onde o procurador viajou, tendo reclamado em vão, por uma decisão. Esperou mais 15 dias, sem ser atendido, apesar dos repetidos protestos.

Teve necessidade, depois disso, de procurar o rei em Soure, onde, uma vez mais, a prolação da sentença foi adiada e remetida para o Tribunal da Corte real, em Pombal, onde se deparou com o mesmo tipo de evasivas. Nesses cinco lugares diferentes o procurador do abade teve oportunidade de ser ouvido e de apresentar suas razões, mas sem nenhum resultado visível.

A cena repete-se em Leiria, onde se perde a traça dos acontecimentos, porque o documento está incompleto. Não sabemos se o documento acaba com uma sentença.

Partamos da parábola evangélica, do documento de Pedroso... para melhor refletirmos...

Em primeiro lugar, os frades de Pedroso demonstram ter aprendido alguma coisa com a parábola do evangelho. Qualquer que fosse sua opinião sobre a eqüidade ou os escrúpulos do sobrejuiz da Corte, eles sabiam que precisavam de muita perseverança para persuadir o Tribunal do rei a julgar seu caso (que a paciência deveria superar a ciência) e confiavam, também, nos resultados de uma instante repetição de seus argumentos, com vista à anulação da inquirição ordenada às terras do mosteiro.

Quer a viúva do evangelho quer os frades de Pedroso tinham percebido que a justiça é morosa, complicada, difícil na obtenção da decisão final, mas nem a viúva nem os monges alguma vez pensaram em poder dispensar a ação do juiz.

Qualquer um deles se poderia ter socorrido de entidades influentes que intercedessem em seu favor. Só que para eles o juiz era o garante de seus direitos e a única entidade com legitimidade para dirimir os conflitos de interesses existentes.

Tanto os frades de Pedroso como a viúva do evangelho pretendiam que Justiça lhes fosse feita e não a obtenção de favores pessoais..."[3]

Os exemplos citados demonstram, por si só, que a justiça não é um favor, mas uma obrigação estatal, uma virtude individual e um bem fundamental, difícil de obter.

E não é só: não basta reivindicarmos justiça quando nos achamos no direito de fazê-la: é necessário que também a façamos espontaneamente, quando isso for de nossa obrigação. Essa é a *regra de ouro do evangelho*: "Tudo aquilo, portanto, que quereis que os homens vos façam, fazei-o vós a eles, porque isto é a Lei e os Profetas".[4]

Talvez resida aqui a maior dificuldade do homem atual, que vem se tornando muito cioso de seus direitos, mas que é tantas vezes negligente no que diz respeito a seus deveres.

Portanto, se é difícil obter justiça, mais difícil ainda é praticá-la.

E o sentimento de justiça engloba ambas as situações.

Ensinava Lamennais que:

"O lavrador carrega o peso do dia, expõe-se à chuva, ao sol, aos ventos, para preparar com seu trabalho a colheita que encherá seus celeiros no outono.

A justiça é a colheita dos povos.

O artesão levanta-se antes da aurora, acende sua pequena lâmpada e labuta sem cessar para ganhar um pouco de pão que o alimente e a seus filhos.

---

[3] MARTINS AFONSO, Orlando Viegas. *Poder Judicial – independência in dependência*. Coimbra: Almedina, 2004, p. 55-57.

[4] Mateus 7,12. *Bíblia de Jerusalém*. São Paulo: Editora Paulus, 2002, p. 1291.

A justiça é o pão dos povos.

O comerciante não recusa trabalho algum, não se queixa de dor alguma; desgasta o corpo e esquece o sono, a fim de acumular riquezas.

A liberdade é a riqueza dos povos.

O marinheiro atravessa os mares, entrega-se às ondas e às tempestades, aventura-se entre os rochedos, agüenta o frio e o calor, a fim de garantir algum repouso para seus anos de velhice.

A liberdade é o repouso dos povos.

O soldado submete-se às mais duras privações, vela, combate e dá o sangue por aquilo que chama de glória.

A liberdade é a glória dos povos.

Se existir algum povo que estime menos a justiça e a liberdade que o lavrador sua colheita, que o artesão um pouco de pão, que o comerciante as riquezas, que o marinheiro o descanso, e que o soldado a glória, erguei em torno desse povo uma alta muralha para que seu hálito não infecte o resto da terra.

Quando chegar o grande dia do julgamento dos povos, a este será dito: 'O que fizeste de tua alma? Ninguém viu sinal nem vestígio dela. Os gozos bestiais foram tudo para ti. Amaste a lama, vai apodrecer na lama'.

E, ao contrário, o povo que em seu coração tiver colocado os bens verdadeiros acima dos bens materiais, que para adquiri-los não tiver poupado trabalho, fadiga ou sacrifício, ouvirá esta palavra:

'Aos que têm alma, a recompensa das almas. Porque amaste acima de tudo a liberdade e a justiça, vem e possui para sempre a justiça e a liberdade".[5]

Tenhamos, pois, a alma justa, a fim de recebermos a recompensa das almas.

Depende de nós.

Os Autores

---

[5] LAMENNAIS, Hughes Félicité Robert de. *Palavras de um homem de fé.* Tradução de Marina Appenzeller. Título original: *Paroles d'un croyant.* São Paulo: Martins Fontes, 1998, p. 109-110.

Referências bibliográficas

Primeira parte

ALBERIGO, Giuseppe. "O Concílio Vaticano II", in *História dos Concílios Ecumênicos*. São Paulo: Paulus, 1995.

ALTAVILA, Jayme de. *Origem dos direitos dos povos*. 5ª ed., São Paulo: Ícone, 1989.

ARISTÓTELES. *Ética a Nicômaco*. São Paulo: Abril Cultural, 1973 (Os pensadores, 4).

ASSIER-ANDRIEU, Louis. *O direito nas sociedades humanas*. São Paulo: Martins Fontes, 2000.

AZAMBUJA, Darcy. *Teoria Geral do Estado*. 35ª ed., São Paulo: Globo, 1996.

BARBAS HOMEM, António Pedro. *O justo e o injusto*. Lisboa: Associação Acadêmica da Faculdade de Direito, 2001.

BERGEL, Jean-Louis. *Teoria Geral do Direito*. São Paulo: Martins Fontes, 2001.

BÍBLIA de Jerusalém. São Paulo: Edições Paulinas, 1973.

BÍBLIA Sagrada. Edição Pastoral. São Paulo: Editora Paulus, 1991.

BODENHEIMER, Edgar. *Teoría del Derecho*. 2ª ed., tradução de Vicente Herrero. México: Fondo de Cultura Económica, 1994.

BONAVIDES, Paulo. *Ciência política*. 10ª ed. rev. e atual, São Paulo: Malheiros, 1998.

BORJA, Rodrigo. *Derecho político y constitucional*. México: Fondo de Cultura Económica, 1992.

BOUZON, Emanuel. *O Código de Hammurabi*. 5ª ed., Petrópolis: Editora Vozes Ltda., 1986.

CAETANO, Marcello. *Manual de Ciência Política e Direito Constitucional*. Coimbra: Almedina, v. 1, 1996.

CALAMANDREI, Piero. *Eles, os juízes, vistos por um advogado*. São Paulo: Martins Fontes, 1998.

CANOTILHO, J. J. Gomes. *Direito Constitucional e Teoria da Constituição*. 2ª ed., Coimbra: Almedina, 1997.

COMMELIN, P. *Mitologia grega e romana*. 2ª ed., São Paulo: Martins Fontes, 1997.

COMTE-SPONVILLE, André. *Pequeno tratado das grandes virtudes*. São Paulo: Martins Fontes, 2002.

CONDORCET, Marie-Jean-Antoine-Nicolas de Caritat, Marquês de. *Ideas acerca del despotismo*. Bosquejo de un cuadro histórico de los progresos del espíritu humano y otros textos. México: Fondo de Cultura Económica, 1997.

CONSTANT, Benjamin. *Escritos políticos*. Madrid: Centro de Estudios Constitucionales, 1989.

CONTREIRAS, Hélio. *AI-5*. Rio de Janeiro: Record, 2005.

DALBERG-ACTON, John Emerich Edward. "Ensayos sobre la libertad, el poder y la religión". In: *Lección inaugural sobre el estudio de la história*, conferência pronunciada em Cambridge, em 11 de junho de 1895. Madrid: Centro de Estudios Políticos y Constitucionales, 1999.

DE LA BOÉTIE, Étienne de. *Discurso sobre a servidão voluntária*. 2ª ed., Lisboa: Antígona, 1997.

DURANT, Will. *As idéias e mentes mais brilhantes de todos os tempos*. Tradução de Cordélia Magalhães; organização de John Little. São Paulo: Arx, 2004.

DYER, Wayne W. *Muitos mestres*. Rio de Janeiro: Record: Nova Era, 2003.

ESPINOSA, Fernanda. *Antologia de textos históricos medievais*. 3ª ed., Lisboa: Sá da Costa Editora, 1981.

FARQUHAR, Michel. *Escândalos reais*. Rio de Janeiro: Ediouro Publicações S.A., 2003.

FEDRO, III, 6. "O cão e o lobo", transcrita por PINSKY, Jaime. *100 textos de história antiga*. São Paulo: Contexto, 1998.

FERREIRA FILHO. Manoel Gonçalves. *Curso de Direito Constitucional.* 24ª ed., São Paulo: Saraiva. 1997.

GIBBON, Edward. *Declínio e queda do Império Romano*. Ed. abreviada. São Paulo: Companhia das Letras, 1989.

GIORDANI, Mario Curtis. *História de Roma.* 4ª ed., Petrópolis: Editora Vozes Ltda., 1976.

GUIMARÃES ROSA, João. *Grande sertão: veredas.* 19ª ed., Rio de Janeiro: Nova Fronteira, 1985.

GUSMÃO, Paulo Dourado de. *Introdução ao Estudo do Direito.* 34ª ed. revista e com adições. Rio de Janeiro: Forense, 2004.

HENRY, Patrick. *Discursos históricos.* Organização de Carlos Figueiredo. Belo Horizonte: Editora Leitura, 2002.

HERÓDOTO. *História.* Rio de Janeiro: Ediouro.

HESÍODO. *Os trabalhos e os dias.* 3ª ed., São Paulo: Iluminuras, 1996.

HOEBEL, E. Adamson e FROST, Everett L. *Antropologia cultural e social.* 9ª ed., São Paulo: Cultrix, 1999.

JELLINEK, Georg, *Teoría General del Estado.* México: Editora Fondo de Cultura Económica, 2000.

KELSEN, Hans. *O que é justiça?* São Paulo: Martins Fontes, 1997.

LAMENNAIS, Hughes Félicité Robert de. *Palavras de um homem de fé.* Tradução de Marina Appenzeller. Título original: *Paroles d'un croyant.* São Paulo: Martins Fontes, 1998.

LEAKEY, Richard. *A origem da espécie humana.* Rio de Janeiro: Rocco, 1997.

LOEWENSTEIN, Karl. *Teoria de la Constitución.* Barcelona: Ariel, 1965.

MACEDO, Sílvio de. Verbete "direito positivo". *Enciclopédia Saraiva do Direito,* coordenação do Prof. R. Limongi França. São Paulo: Saraiva, v. 27, 1977.

MAFFETTONE, Sebastiano, VECA, Salvatore (orgs.). *A idéia de justiça de Platão a Rawls.* São Paulo: Martins Fontes, 2005.

MARTINS AFONSO, Orlando Viegas. *Poder Judicial – independência in dependência.* Coimbra: Almedina, 2004.

MCILWAIN, Charles Howard. *Constitucionalismo antiguo y moderno.* Madrid: Centro de Estudios Constitucionales, 1991.

MELO FILHO, Murilo. *Testemunho político*. 2ª ed. revista e ampliada, São Paulo: Elevação, 1999.

MONTESQUIEU. *Do espírito das leis*. São Paulo: Abril Cultural, 1973 (Os pensadores, 21).

MORAIS, Emanuel de. *A origem e as transformações do Estado*. Rio de Janeiro: Imago, 1996.

MORGAN, Lewis Henry. *Ancient society*. 2ª ed., Tucson: The University of Arizona Press, 1995.

NABUCO, Joaquim. *A escravidão*. Rio de Janeiro: Nova Fronteira, 1999.

PADOVANI, Umberto e CASTAGNOLA, Luís. *História da Filosofia*. 9ª ed., São Paulo: Melhoramentos, 1972.

PADOVER, Saul K. *The living U. S. Constitution*. New York: The New American Library of World Literature, Inc., 1953.

PASCAL. *Pensamentos*. Rio de Janeiro: Ediouro.

PEREIRA, Maria Helena da Rocha. *Estudos de história da cultura clássica*. 3ª ed., Lisboa: Fundação Calouste Gulbenkian, 2002.

PIÇARRA, Nuno. *A separação dos poderes como doutrina e princípio constitucional*. Coimbra: Coimbra, 1989.

PIMENTA BUENO, José Antônio. *Direito Público Brasileiro e Análise da Constituição do Império*. Brasília: Senado Federal, 1978.

PINHEIRO, Ralph Lopes. *História resumida do direito*. Rio de Janeiro: Editora Rio, 1976.

PLUTARCO. Sólon. *Vidas paralelas*. São Paulo: Paumape, v. 1, 1991.

RICHELIEU. *Testamento político*. São Paulo: Edipro, 1996.

RUI BARBOSA. *Oração aos moços*. 17ª ed., Rio de Janeiro: Ediouro Publicações S.A., 2000.

SAINT-EXUPÉRY, Antoine. *O pequeno príncipe*. 48ª ed., 5ª reimp., Rio de Janeiro: AGIR, 2002.

SCHWAB, Gustav. *As mais belas histórias da Antigüidade Clássica*. Rio de Janeiro: Editora Paz e Terra, 1994.

SHAKESPEARE, William. "The Tempest" (London: Oxford University Press, 1914), ed. by William James Craig (HTML at Bartleby). Act 4, Scene 1, 168-172. In http://www.bartleby.com/70/1141.html.

SÓFOCLES. *Antígona*. Brasília: UNB, 1997.

SPINOZA, Baruch. *Tratado político*. Tradução de Norberto de Paula Lima. São Paulo: Ícone, 1994.

TITO LÍVIO. *História de Roma*. Tradução de Paulo Matos Peixoto. São Paulo: Paumape, v. 1, 1989.

TUCÍDIDES. *História da guerra do Peloponeso*. Brasília: UnB, 1982.

VAN CREVELD, Martin. *Ascensão e declínio do Estado*. São Paulo: Martins Fontes, 2004.

VIEIRA, Antônio, Pe. *Sermões*. Sermão do Santíssimo Sacramento. Erechim: Edelbra, v. VIII, 1998.

VOLKOGONOV, Dmitri. *Stalin – Triunfo e tragédia*. Rio de Janeiro: Editora Nova Fronteira, v. 1, 2004.

XENOFONTE. *Ciropédia*. Rio de Janeiro: Tecnoprint, 19[--].

OUTROS SITES PESQUISADOS

http://cientic.com/tema_evoluc_jorn6.html
http://intranet.grundel.nl/thinkquest/comitium.html
http://paginas.terra.com.br/arte/hammurabi
http://pt.wikipedia.org
http://pt.wikipedia.org/wiki/Arist%C3%B3teles
http://pt.wikipedia.org/wiki/Bartolomeu_de_Gusm%C3%A3o
http://pt.wikipedia.org/wiki/Blaise_Pascal
http://pt.wikipedia.org/wiki/Campos_El%C3%ADsios
http://pt.wikipedia.org/wiki/Digesto
http://pt.wikipedia.org/wiki/Guimar%C3%A3es_Rosa
http://pt.wikipedia.org/wiki/Hans_Kelsen
http://pt.wikipedia.org/wiki/Homero
http://pt.wikipedia.org/wiki/Kant
http://pt.wikipedia.org/wiki/Patr%C3%ADcio
http://pt.wikipedia.org/wiki/Pirineus
http://pt.wikipedia.org/wiki/Plat%C3%A3o
http://pt.wikipedia.org/wiki/Plebe
http://pt.wikipedia.org/wiki/R%C3%B4mulo_e_Remo
http://pt.wikipedia.org/wiki/Rabindranath_Tagore
http://pt.wikipedia.org/wiki/Tuc%C3%ADdides

http://pt.wikipedia.org/wiki/William_Hazlitt
http://sights.seindal.dk/sight/158_Comitium.html
http://www.bartleby.com/70/1141.html
http://www.cpihts.com/MGF2_parte.htm
http://www.law.umkc.edu/faculty/projects/FTrials/scopes/scopes.htm
http://www.literacy.com/php/works.php?rec=true&UID=7888
http://www.panarchy.org/constant/liberte.1819.html
http://www.panarchy.org/constant/liberte.1819.html
http://www.webciencia.com/04_venus.htm

Segunda parte

BALANCIN, Euclides M. e STORNIOLO, Ivo. *Como ler o livro de Amós*. São Paulo: Edições Paulinas, 1991.

BÍBLIA de Jerusalém. São Paulo: Editora Paulus, 2002.

BÍBLIA Sagrada. Edição Pastoral. 8 ed. São Paulo: Edições Paulinas, 1993.

BÍBLIA tradução ecumênica – TEB. São Paulo: Edições Loyola, 1994.

CERESKO, Anthony R. *Introdução ao Antigo Testamento numa perspectiva libertadora*. São Paulo: Editora Paulus, 1996.

GOTTWALD, Norman K. *Introdução socioliterária à bíblia hebraica*. São Paulo: Edições Paulinas, 1988.

NAKANOSE, Shigeyuki. *Uma história para contar...: A páscoa de Josias*. São Paulo: Paulinas, 2000.

REIMER, Haroldo. "Agentes e mecanismos de opressão e exploração em Amós", *Ribla n. 12*, Petrópolis: Editora Vozes, 1992.

REIMER, Haroldo. "O dia de Javé em Amós". *Estudos Bíblicos*, n. 65. Petrópolis: Editora Vozes, 2000.

RIBEIRO, Francisco Souza. *Justiça: Entrevista com o profeta Amós*. São Paulo: Paulinas, 1996.

SCHÖKEL, Alonso e SICRE DIAZ, J. L. *Profetas II*. São Paulo: Edições Paulinas, 1991.

Impressão e acabamento
Gráfica e Editora Santuário
Em Sistema CTcP
Rua Pe. Claro Monteiro, 342
Fone 012 3104-2000 / Fax 012 3104-2036
12570-000 Aparecida-SP